怪物

中村航
井上尚弥

KADOKAWA

写真／澤近勝利
装丁・レイアウト／末吉亮

どうしてここでこのパンチを出せたのか――

どうして相手との距離がわかるのか――

どうして相手のパンチが当たらないのか――

質問すれば明確に答が返ってくることもある。

直前にワン・ツーからのボディが入った。

それで行けると思って、もう一歩踏み込んで同じことをやった、などという感じだ。

ただ質問に対して、わからないこと、言語化できないことには、井上尚弥は首を捻る。

感覚、という言葉を多く聞いた。

ここは感覚で――、感覚的にわかるんです。

無理に言語化するのを良しとしないのだろう。

多分、彼自身も、知りたがっているんじゃないかな、と思った。

自分が一体、どれだけ強いのかということを――。

はじめに

彼のボクシングは強く、逞しく、美しい——。

井上尚弥を知ってほしい。

だからボクシングから縁遠い人にもわかるよう、専門用語はなるべく控え、大げさな物言いはせず、尚弥自身がそうであるように等身大の言葉で、彼の凄さや可能性やその軌跡を伝えたい。

と、思うのだけど、どうしても最初はこうなってしまう。

——怪物《モンスター》！　日本ボクシング史上最高傑作！

だってそれは井上尚弥を表す言葉として、まったく大げさではないのだ。

彼は高校生として史上初めてアマチュア七冠を獲得した。プロになってからは、当時国内最速となるプロ入り六戦目で世界王座を奪取した。その後、これまた当時世界最速となる八戦目での二階級制覇を成し遂げる。二〇一七年には米国でのデビューも果たし、世界王座の防衛は通算八回を重ね、無敗のまま三階級制覇に挑もうとしている。

プロ・アマ通じて一度もダウンしたことがなく、もっと言えば、パンチによってまともなダメージを負ったシーンさえない。まだ誰も彼を追い込んでいないだけに、どれくらい強いのか底が見えない。だったら怪物と呼ぶしかない。

プロでの戦績は二〇一八年三月現在、十五戦十五勝（十三ＫＯ）無敗――。

彼はプロ入りする際、ジムとの契約に「弱い相手とは試合しない」という条件を加えた。なるべくリスクの少ない相手を選んで防衛戦を続けるというのが常識のボクシングの世界で、これは革命的なできごとだ。それが有言実行されるなかでのこの戦績は見事だ。

だが、まだ二十四歳と若い彼にとって、これまでのことは単なる通過点に過ぎない。この先どこまでいけるのかは未知だが、彼はこれまでの日本人ボクサーとは別次元の存在になろうとしている。

スマートな顔つきで、会って話せば素直で礼儀正しく、誰からも好かれるであろう好青年だ。だがリングの上では紛う方ない怪物だ。だけど怪物という言葉のイメージと、彼の戦う様は、少し違うかもしれない。

彼のボクシングは強く、逞《たくま》しく、美しい。

強い――。

試合を見れば、その図抜けたスピードとパワーは一目瞭然だ。防御は上手いのだが常に攻撃的なスタイルで、ＫＯ率も極めて高い。攻防一体、隙のない試合運びで、およそ五メートル四方のリング内を、完全支配する。

逞しい――。

彼は対戦相手には一貫して強者を求め、負けることを恐れていない。試合前も試合中も一切、緊張しない。試合前日は試合が楽しみで、わくわくして眠れないという。

美しい――。

攻防のすべての動きが、美しく、洗練されている。紙一重で避け、紙一重を許さずに刺す。彼の試合中の動きを映像で観るとき、その目（視線）に驚いてしまう。彼がその紙一重を、字義通り〝見切って〟いるのがわかるからだ。


強く、逞しく、美しい者に、僕らは惹かれ続ける。


勝手な話に聞こえるかもしれないが、ボクシングを見るとき、自分の代わりにボクサーが闘ってくれている、と思うことがある。

自分には持てない覚悟や、自分にはできない努力を、彼らは己に課して闘っている。僕らが忘れてしまった闘志を、僕らが持てなかった闘志を、僕らが持ちたいと願っている闘志を、彼らは剝きだしに闘っている。

だから彼らに憧れる。

そしてその中の強者や勝者に幻想を抱き、また知りたくなる。

この人は一体、どれくらい強いのだろう――。この人にはどれくらいの才能があって、どれくらいの努力をしているのだろう――。どうやってこの人は強くなったのだろう――。

どうしてこの人はこんなに強いのだろう――。

そして、その人の物語を知りたくなる。

その人の物語に、その人の強さの理由を求める。

その物語がリアルであればあるだけ、かえって幻想は膨らんでいく。その物語とは、例えばこんな感じだ。

誰よりも強くなりたかった――。有名になりたい――。貧困から這い上がるためにはボクシングしかなかった――。亡き父にベルトを捧げるために闘う――。手に負えないヤンチャ坊主がボクシングに出会った――。心の飢えを満たしたかった――。あの人に憧れてボクシングを始めた――。いじめられっ子から脱却したかった――。苦労して自分を育てた母に恩返しするために闘う――。応援してくれる仲間のために、自分の家族を護るために闘う――。スラム街でトレーナーに拾われた――。コンプレックスを克服するため、また、成功し富を得るために、また、生きていることを証明するために、闘い続ける――。様々な物語や疑似物語（物語も疑似物語も同じだが）は、観客のために提示されるだけではなく、競技者自身にも必要とされているかもしれない。だから強ければ強い者ほど、強度の高い物語を持っているはず、と思っていた。

ボクシングという競技は、いろんな意味で過酷だ。

プロになってもそれだけで食べていけるのは世界チャンピオンなどごく一部だ。八勝七敗が良しとされる競技ではなく、上に行くには勝ち続けるしかない。怪我を負うことは多いし、脳や目などに後遺症の残るリスクも高い。

数か月に一度の試合のために、ボクサーはひたすら地道で単調な練習を続ける。極限まで減量してリングに上がり、自分と同じような目をした相手と殴り合う。

そして、どちらかの意識がもがれることで終わる試合に、称賛が集まる。

普通ではできないはずだ。ボクシングをするには理由が要る。だから大なり小なり、神話のような物語を僕らは想像し、その幻想に熱くなる。

大げさにそれを語るボクサーもいるだろう。大げさに取りあげるマスコミもいるし、大げさに受け取る観客もいる。その点で、僕らはすすんで共犯関係になれる。また、なりたいと願っている。

だけど――、

そういった物語を、井上尚弥から全く感じられないのはなぜだろう。それなのに強い。彼はその部分では、誰とも勝負していないし、興味もなさそうだ。

でも本当なんだろうか？

井上尚弥のキャリアは、熾烈な減量苦と隣り合わせで進んでいる。パンチが強すぎるために拳を傷め、試合ができない時期もあった。近年では強すぎるため相手から対戦を避けられ、マッチメイクがうまくいかず、ストレスを抱え続けている。それでも彼の競技へのモチベーションは高く、質、量ともに濃密な練習を積み重ねている。

だから勝手に思っていた。

そういったものがこちらに感じられないだけで、本当は何かあるんじゃないかと。もしかしたら隠しているのかもしれない。あるいは本人すら気付いていない何かがあるのかもしれない。

彼に会って取材をさせてもらうなか、僕はそれがとにかく知りたかった。小学生のときに『あしたのジョー』を読んだ僕は、勝手にボクサーを、泥臭さやハングリーさの象徴だと決めつけていたのかもしれない。

話を聞くと、彼はとにかく飾り気のない好青年だ。虚勢を張るようなところは一切ないし、逆にへりくだるようなところもない。責任感や使命感のようなものは彼のなかに確かにあるが、気負うようなところは何もない。

どんな質問をしても、彼は取り繕うことなくまっすぐな目で語ってくれた。素直で、爽やかで、前向きで、正直。また直感的な物言いをする。他人の目を気にしているようにも見えないし、他者との比較に囚われるようなこともない。負の感情がどこにも見当たらない。

無邪気。悲壮感がない。おおらか。メンタルが強靭。リアリストである。ポジティブ。他者との比較にあまり興味がない。趣味と仕事が一致している。他のことにはあまり興味がない——。

同じようなことを大谷翔平や羽生結弦など、井上尚弥と同世代の天才と呼ばれる他競技のアスリートからも感じる。もしかしたら近代化する世界規模の競技でトップを取るような才能は、物語や幻想なんて必要としていないのかもしれない。どこかで聞いたことのある物語なんて、リアリストである彼らには要らないのだ。

井上尚弥は、古い物語から自由だ。型にあてはめることで得られる理解の範疇に、彼はいない。モンスターとは、ボクシングの古いイメージを叩き潰す者なのかもしれない。

かつて偉大なチャンピオンが日本にいた。今だっている。世界チャンピオンになり何度も防衛をした者。何階級かを制覇した者。だが井上尚弥はさらにその先に行き、その先の夢を見せてくれる。

彼は物語を辿るのではなく、新しい物語を創っていく。何しろ、僕らはまだ、彼がどれくらい強いのか知らないのだ。


だけど、今の若い人に知っているボクサーの名を問うたら、何と答えるだろう?


井上尚弥という名は、なかなか出てこないかもしれない。

現在の井上尚弥は、むしろ海外のボクシングファンから極めて高く評価されているものの、アスリートとしての国民的な知名度は、実力や活躍に見合うほど高くない。彼は電車に乗っていると視線を感じたり、ときどき声をかけられるそうだが、大谷翔平選手や羽生結弦選手が電車に乗っていたら、視線だけでは済まないだろう。

もっと多くの人に彼を知ってほしいし、彼のファイトを語ってほしい。もっと彼の強さに痺《しび》れてほしい。そんな願いは叶うのだろうか？

かつて日本プロボクシングは、試合中継が週に七本以上あった時代もあった。そんな黄金期を過ぎても、日本人の世界戦が行われると、テレビ視聴率は四〇%を超えた。翌日の学校や職場では、その話題で持ちきりとなり、ボクシングジムには入門希望者が溢れた。

だが今はそんな時代ではない。

その代わりに世界は狭くなった。世界のボクシングファンは、インターネットで極東の才能でさえ簡単に見つけだす。二〇一四年、井上尚弥がアルゼンチンの英雄・ナルバエスを倒した試合は、複数の世界的な大手ボクシング専門ニュースサイトで年間MVPに選ばれた。

現在、井上尚弥の器に見合うビッグマッチは海外でしかできない。ならば、僕らが井上尚弥に一番、期待し、また本人が今、目指していることは一つだ。

世界進出――。

二〇一七年九月、井上尚弥は、先方から請わ̀れ̀て̀米国のリングに上がった。ボクシングの本場・米国から、是非にと請われて試合に出たのだ。

そして相手のニエベスにはほとんど何もさせず六ラウンドＴＫＯ勝ちし、怪物は怪物のまま日本に戻ってきた。

米国で「シークレットな存在」と紹介された井上尚弥だが、この試合でもベールを完全に脱ぐことはなかった。相手が終始、逃げ回っていたこともあり、評価は得たものの、強烈な印象を米国のファンに与えることはできなかったかもしれない。本当はもっと凄いのに、と歯がゆい思いをした日本のファンは多いだろう。

だけどまだ挑戦は始まったばかりだ。

野球やサッカーでは何人もの選手が海を渡り、また結果を出してきた。同じことが井上尚弥によってボクシングでも起ころうとしている。彼は今後きっと、パイオニアとしてアメリカやヨーロッパ、つまり本当の意味での〝世界〟と闘っていく。

その様を見たとき、日本にも再び、ボクシングへの興味と熱狂が戻ってくるかもしれない。

彼の物語は途上であり、その先はまだシークレットだ。

怪物

［前編］

子どもの頃から地道な反復練習が日常だった。
少し大きくなると、勝負や挑戦が日常に加わった。
未踏の地を踏みしめながら、彼は歩んでいく。

一、運命の日

一九九三年四月十日、おぎゃあ、とか何とか普通のことを言いながら、後に怪物と呼ばれる男児が生まれた。全乳児のうち一～二割くらいはどことなくガッツ石松に似ているが、彼は特に似ていなかった。希望する、好む、尊ぶ、高い、高くする、などという意味を持つ〝尚〟、彼は両親によって「尚弥」と名付けられる。

神奈川県座間市。小田急線の座間駅を出て、いくつかの坂を越えたところに井上家はあった。ここから二度の引っ越しをすることになるが、どちらも近所への引っ越しだ。

両親や祖父母や親戚や仲間たちも、ずっとこの土地にいる者が多い。相模原台地と呼ばれる起伏の多いこの土地が、井上尚弥の色濃い故郷《ホーム》であり、今も住む場所だ。

「補助輪付いてるから、大丈夫だよ」

自転車を後ろから支えた真吾（尚弥の父）が、声をかけた。でも本当はその自転車に、補助輪は付いていなかった。

「いくぞー、まっすぐ、思い切り漕いでみな」

「うん！」

三歳になったばかりの尚弥は恐れを知らず、身の回りのすべてのものに興味津々だった。漕ぎだした自転車は普通に倒れたけれど、すぐにもう一度乗ろうとした。翌日も家の前の駐輪場で一人練習した。

やがて座間市に、補助輪なしの自転車を乗り回す無茶な三歳児が現れた。ヤンチャで無敵で、変なところで素直な三歳児だった。

「言うこと聞かない子は、置いて帰るよ！」

あるとき親戚たちと一緒に出かけた買い物先で、美穂（尚弥の母）が言った。尚弥は慌てて美穂に付いていったのだが、また何かに気を取られて足を止めた。そして気付いたら美穂の姿が見えなくなっていた。

置いて帰ったのかな？　と、尚弥は素直に思った。

「あれ？　ナオは？」

やがて美穂は尚弥がいないことに気付いた。いつからいなくなったのだろう——。

それから建物中を探したのだが、どこにも見つからない。館内放送をお願いし、建物の外を探しても見つからない。美穂は泣きそうになりながら、途方に暮れる。

店の前は国道二四六号線で、車の往来が激しかった。車が行き来する脇に、遠く小さな点が見える。

　やがてその点が大きくなっていった。

　嘘だろう、と美穂は思う。明らかになっていくそれは、自転車に乗った尚弥だ。慌てて駆け寄って話を聞き、安堵すると同時に震えあがった。

　母たちは自分を置いて帰ったのだと尚弥は素直に受け取り、家まで歩いて戻ったらしい。でも誰もいないので、おかしいな、と思い、自転車に乗って引き返してきたという。

　近い距離ではないし、何よりこんな危険な国道脇を、三歳児が補助輪なしの自転車で走ってきたなんて……。

　通い始めた幼稚園でも、尚弥は活発でヤンチャだった。変なところで素直なのも相変わらずで、「言うこと聞かない子はおうちへ帰りなさい」と先生に叱られて、本当に帰ってきたりした。

「お母さん、ここから自転車で降りてってもいい？」

　あるとき、スロープ式の歩道橋の上で尚弥が言った。

「いいよ」

「じゃあ、見てて！」

尚弥は、お母さん見て見て！　僕を見て！　というタイプだ。美穂はその日も、尚弥の勇敢で無茶な様を目撃することになる。

美穂の想像を超えた猛烈なスピードで、自転車は駆け下りていった。危ない！　と思った瞬間、尚弥が自転車ごと一回転した。駆け寄ると、尚弥はけろりとした表情をしている。どういうことかわからないが、全く無傷だ。

四月生まれということもあり、走っても、ジャンプしても、投げても、その学年では飛び抜けていた。お山の大将的な感じがすごくあったので、美穂は一回、その鼻っ柱をポキッと折ってやりたいな、と思っていた。だけど素直で優しい子だというのは、美穂から見てもわかる。

二歳上の姉・晴香と二歳下の弟・拓真とともに、尚弥はすくすくと成長していく。

やがて彼は小学一年生になり、運命のときを迎えるのだが、その前に二十年ほど時間を戻す。

一九七一年、尚弥の父である井上真吾は生まれた。

小学二年生のときに両親が離婚し、母とともに祖母の家に身を寄せた。母はトラックの運転手をしながら真吾を育てたが、裕福な家庭ではなかった。定められたレールの上を進むように、真吾はグレた。

高校には自ら進学しなかった。中学生の頃からアルバイトをしていたし、自分の手で稼ぎたかった。塗装業を営む親方の世話になり、十五歳にして働きだした。

真吾は親方をオヤジと呼んで慕い、親方も真吾、真吾、と息子のように可愛がってくれた。塗装業のイロハを教わり、社会人としての礼儀を教わった。真吾は現場では誰よりも真面目に仕事をした。オヤジの信頼に応え、誰からも認められる職人になりたかった。

だがまだ、真吾は若かった。オヤジの期待にも応えたいが、悪友たちとの夜遊びも楽しい。ときに仲間の誘いに乗り、現場を放りだした。一度放りだすと、オヤジに叱られるのが嫌で、仕事に行かなくなってしまう。

「二度とこんなことはしません。性根を入れ替えて、頑張ります」

「ああ、今回だけだぞ」

本気で謝ると、オヤジは許してくれた。まだ若いから、言ってもわかんねえんだろ、というのがオヤジの考え方だ。仕事に復帰する真吾だったが、夜遊びは止まらず、またつい同じことを繰り返してしまう。

だがそんな真吾も、次第に大人になっていった。

十八歳のとき、付き合っていた美穂と「結婚」というものを意識した。

結婚して家族を持つ――。

そのことは真吾にとって、とてつもなく大きなことだ。自分には得られなかった〝家にちゃんと父親がいる家庭〟というものを、真吾は心のどこかで強く求めていた。

だったら自分は半端なままではいられない、と、真吾は思う。美穂の両親にも認められなければならない。一人前と認められる男に、ならねばならない。

やるときはやる、徹底的にやる――。

それは真吾のもともと持っていた気質でもあったし、オヤジの下で培われたものでもあった。

何も持っていない自分の武器はそれしかない、と彼は本能的にわかっていたのかもしれない。

真吾は持っていた携帯電話を替えた。新しい番号を誰にも教えなかったから、これで誘いの連絡は来ない。真吾は今度こそ、本当に性根を入れ替えて働き始めた。

誰よりも愚直に、誰よりも丁寧に、誰よりも手間を惜しまず仕事をすれば、いずれ誰かが認めてくれる。

真吾は働き続けた。

真吾が十九歳のとき美穂の妊娠がわかり、二人は結婚を決めた。二十歳になると長女が生まれ、それを機に親方の下から独立し「明成塗装」の看板を掲げた。

明るく成り上がる――。

〝明成〟塗装の名の下、真吾はそれまで以上に、がむしゃらに働いた。

割に合わない仕事でも、小さな仕事でも、他が断って回ってきたような仕事でも、全部受けて、とにかく懸命に仕上げる。誰よりも愚直に、誰よりも丁寧に、誰よりも手間を惜しまず――、昼夜を問わず、働き続ける。

家庭では明るく頼もしい父に徹した。やがて尚弥が生まれ、また拓真も生まれた。

真面目に働き始めてすぐは、大卒のやつらよりも稼いでやる、という反骨心のようなものが強かった。だがその頃には、そういう気持ちも次第に薄らいできた。

徹底した仕事ぶりが認められ、発注は途切れないようになった。そして何より真吾には、愛する家族がいる。

地方のヤンキーの、成り上がりの神話だったら、たいていはこの辺りがゴールだ。

だが真吾の場合は、この辺りが始まりだった。運命のときはまだ遠いが、それに繋がる萌芽が生まれた。

拓真の誕生から少し経った頃、真吾はプロボクサーになった友人の試合を観に行った。友人は三ラウンドでＫＯ負けしてしまったが、そのときに生まれた衝動が、その後の真吾を憑き動かすことになる。

どうしてもボクシングをやってみたくなった真吾は、町田の協栄ジムに入会した。昔から格闘技が好きで、十代の頃には極真空手の道場に通っていた。だから自信があったのだが、空手の感覚で打ったパンチは全く当たらず、ちょんと打たれたジャブの威力に驚愕した。

真吾はボクシングにのめり込んでいった。やるときはやる、徹底的にやる、という気質が、それを後押しした。ボクシングの基礎を学び、スパーリングで試す。やがてアマチュアの大会に出場し、二戦二勝したりもした。

ジムには毎日通いたかったが、仕事が忙しくて叶わなかった。ならば自宅で練習しよう。真吾は徹底的にやる男だ。

家のなかに、大きな鏡を壁に付けたシャドウボクシング用の部屋を作った。三分を計る砂時計やダンベルなどを用意し、しまいには天井に鉄骨を入れ、サンドバッグを吊した。

仕事を終えた真吾は、一人、黙々とボクシングのトレーニングに打ち込む。

格好いい、と尚弥は思った。

飛び散る汗と、躍動する肉体。床を踏む音、父親の荒い息づかい——。

小学一年生の尚弥は、見つめていた。家では頻繁にＷＯＷＯＷの中継が流れていたから、それがボクシングであるということはわかっていた。

幼稚園のときからサッカーをやっていたけれど、誰かのことを格好いい、と思ったことはない。仮面ライダークウガは格好いいと思ったけれど、これはそれとは少し違う。

いつもは底抜けに明るい父だったが、ボクシングの時間には真剣な表情をしていた。ヤンチャだがクレバーな尚弥は、その部屋でモノを触ったりしたら怒られることも察していた。

お父さん、格好いいな……。

だから見つめるだけだった。尚弥はその時間が来ると、後ろからじっと父を見つめる。

説明のつかない何かが、尚弥のなかで湧き上がってくる。

「ねえ、お母さん」

ある日、尚弥は美穂に言った。

「僕もボクシングやってみたいな」

「ふーん。お父さんに聞いてみれば？」

美穂はもともとボクシングには何の興味もなかった。真吾が家にサンドバッグを吊したときにはやれやれ、と思った。美穂にとっての真吾は〝一番大きな息子〟のようなところがある。

「ねえ、お母さん」

翌日、また尚弥が美穂に話しかけてきた。

「僕もお父さんとボクシングやりたい」

普段、物怖じなど一ミリもしない息子だが、自分からは言いだせない何かがあるようだ。

「だったら、自分で頼んでみないと。お父さん、ボクシング教えてって」

「……うん」

だが翌日もその翌日も、尚弥はじっと後ろから父を見つめるだけだった。どうしてだか、その言葉を言うのには勇気が要った。

何も知らない真吾は、虚空の相手を見据えるようにしながら、黙々とシャドウボクシングを繰り返す。

運命の日は突然、やってきた。

仕事を早めに終えた真吾は、夕方、子どもたちを連れて公園に遊びに行った。さあ、遊んでこい、と子どもたちを送りだし、自分はストレッチをし、ステップの練習を始める。

「ん、どうしたナオ？　お姉ちゃんのところに行かないのか？」

晴香は公園に着くなり、ブランコのところに走っていった。いつもならそれに付いていくはずの尚弥が、真吾の近くから離れない。何やらもじもじしている尚弥の目が、やがて真吾を見据えた。

「……お父さん、僕にもボクシング教えて」

真吾は驚きとともに尚弥を見やった。

意志と勇気――。そこには確かに六歳男子の、小さな意志がある。

みぞおちの辺りに生まれた何かが、やがて真吾の胸を熱くしていった。かがみ込んで目を突き合わせ、真吾は尚弥に語りかけた。

「教えてもいいけど、本当にできるのか？　ナオ、ボクシングは甘くないんだぞ」

「うん、やる」

顔を赤くした尚弥が、深く頷いた。

「今日やっても、明日はもう嫌だやらない、って言うなら教えないぞ。つらくても練習を投げ出さないって、約束できるか？」

「うん、する」

深く頷く尚弥に、真吾は腰をあげた。

「よし、わかった。じゃあ父さんと一緒に、練習しよう。やるんなら、ボクシングに嘘をついちゃだめだぞ」

「うん、わかった」

尚弥にしてみれば、練習をする父に火を点けられた、ということだ。だけどここでは、真吾が尚弥に火を点けられたということのほうが、遥かに大きい。

「じゃあまずは、ステップからだ。いいか？」

「うん」

後から振り返ってみれば、ここからただ一本の道だった。

アマチュア七冠を達成したときも、世界チャンピオンになったときも、二階級を制覇したときも、米国デビューしたときも、この日から続くただ一本の道を、二人は歩いてきた。何も変わらない。

この日に始まったことから、本当に何一つ変わることなく、二人は歩き続けただけだ。

二、積み重ねる

「ボクシングって言っても、殴られないボクシングってのを目指すから、大丈夫。ナオにはとにかく、ディフェンスを徹底的に教えるから」

真吾は美穂にくどくどと説明した。自分の子どもが野蛮と言われるようなスポーツをするのだから、母親としては心配するだろう、という配慮だった（実際のところ美穂は、それほど心配していなかったが）。

「体の力を抜いて、もう少し左足に体重かけて」

真吾と六歳の尚弥、そして四歳の拓真も加わって、鏡の前での練習が始まった。まずは打たれないためのステップワークの練習をする。拓真はもちろん遊びの延長で、一緒にふにゃふにゃと動いているだけだ。

パンチはまだ教えるつもりはなかった。つまり美穂に約束した〝打たれないボクシング〟のためだけの練習を、最初はしていたということになる。

足幅を一定に保ち、前へ、後ろへ、とステップを踏む。できるようになったら、右へ、左へ、とステップを踏む。できるようになったら、円を描くようにステップを踏む。

半年間はこのステップワークだけを、ひたすら練習した。あとは練習前にちびっこ広場を三周走り、練習後に腕立て、腹筋、背筋をする。

その後はガードの構えをしながら、同じステップワークをする練習をした。実戦のディフェンスを想定して、真吾が緩くパンチを出し、それが当たらない位置に距離を取る、という練習もした。

そもそもボクシングの練習というものは地道な反復で、当然、小学生には退屈なものになる。だから、毎日続けさせるという意味で、真吾が意識していたことが二つあった。

「いいぞ、ナオ！　昨日よりステップが速くなってるぞ！」

一つは褒めまくることだ。小学校高学年までは、褒めてその気にさせる、ということを徹底してやるつもりだった。

そしてもう一つ、大きなことがある。

「よし！　父さんも燃えてきたぞ！」

真吾は常に、息子二人と一緒になって練習した。教える者、教わる者、という師弟関係だけではなく、一緒に練習する仲間として二人と向き合った。尚弥と拓真は父から練習をやらされているのではなく、大好きな父と一緒にボクシングの練習をしているのだ。

安易に次の段階に進まない、できるようになるまでやる、というのが、真吾の今も続く絶対的な方針だ。防御の基礎ができてから、左ジャブを教える。それができるようになったら、右ストレートを教える。やがてそれらを連続させるワン・ツーを教える。

二年生になる頃には、週に二度、協栄ジムのキッズコースにも通うようになった。アットホームなジムで、真吾が一緒に練習したり指導したりということも受け入れてもらえた。真吾の兄の子である三年生の浩樹と中学生の雄太もそこに加わって、一緒に練習をするようになった。

「ほら、ガードが下がってるよ！」

毎日、付きっきりでの練習だった。真吾は自分の練習する姿を見せながら、息子たちに常に目を光らせ、だめなところはその場で直した。

小学生にはつらい練習が続いた。砂時計の落ちきるまでの三分間、ひたすらステップを踏みながら、ワン・ツーの動作を繰り返す。一分休んで、また三分、ステップを踏む。尚弥が泣きながらステップを踏んでいることも多かった。

三年生になると、広場を走る量も増えた。真吾はボクシングをする息子たちのために、何でもしてやりたかったし、できる限りの環境を与えたかった。どんなことでもとことんやる、という彼の性質がそれを後押しする。

自宅に近い相武台の中村ジムというところで、真吾はトレーナーの資格を取った。町田の協栄ジムは遠いが、ここならば子どもたちだけでも通える。

尚弥たちは自転車に乗って、相武台のジムに通うようになった。

ジムのリングでは真吾がミットを構え、実戦的な練習をした。相手との距離を計り、左右を差し合う。コーナーに詰めたら、どうやって仕留めるか。相手に詰められそうになったら、どうやって回り込むか。兄弟や親子でスパーリングもした。

父の指導は熱く、厳しく、ごまかしは一切なかった。付きっきりでの指導のため、適度にサボるということもできない。

小学校一年生から現在まで続く一本の道のなか、尚弥は一度だけ、ボクシングを辞めよう、と思ったことがあった。

「ナオもタクももう、ボクシング辞めていいよ」

父は静かに言い放った。きっとそのとき、練習に身が入っていないのを見抜かれたのだろう。

拓真はまだ小さく、兄に付いてきているだけだ。突きつけられたのは自分だと、小学四年生の尚弥にはわかっていた。

辞めようかな、と、尚弥は素直に思い、それから練習をしなかった。父が一人で練習するのを、横目で見ながら。

だけど一週間が経つ頃、美穂に言った。

「……ねえ、お母さん」

「なに、どうしたの？」

美穂は父と息子たちの間に立つ、中間管理職のような役目を担っていた。

「やっぱり、ボクシング続けようかな」

「そう？」

美穂は尚弥の目を覗き込んだ。この案件は、自分から真吾に伝えてやったほうがいいのか、それとも、尚弥本人に言わせたほうがいいのかを見極めるために。

結局、尚弥がボクシングを離れたのは、後にも先にもこの一週間だけだった。

遊びたい盛りのこの時期、尚弥が練習を続けられたのは、やはり真吾の褒め方や叱り方が上手かったからだろう。そして真吾や拓真や浩樹と一緒の、一つのチームで練習している、ということも大きかった。

尚弥、拓真、浩樹の三人で毎日、走り、ジムに行く。シャドウを何ラウンドかして、サンドバッグ打ちを何ラウンドかして、縄跳びをして――、といったジムワークのメニューや量は現在とほぼ変わらない。

後から振り返ると、尚弥にとって小学校高学年の頃の練習が、一番キツかった印象があるという。

ただこの頃、父の仕事が忙しくなり、ジムに来る日が限られてきたのが、かえって良かった。父が来ると、いきなり練習が厳しくなる。父自身の練習メニューがハードで、それに付いていかねばならない。

なかでもスパーリングが一番キツかったようだ。父に向かって全力で打ち込む。ときどき父のパンチが飛んできて、避けきれないと怒られる。きちんと打ちきり、避けきれるようにならないと、スパーリングは終わらなかった。

できるまでやる。できたら次に進む。高等技術とされるものも、毎日積み重ねていけば、いつかはモノにできる。

相手の左ジャブをしっかりと見据え、ヘッドスリップで避ける、と、同時に右ストレートを叩き込む――。小学五年生の後半、尚弥はボクシングの芸術と言われるカウンターを使えるようになっていた。


尚弥の生活はもちろんボクシングだけではない。

学校では目立つ生徒だった。スポーツは何でもできたから、人気もあった。友だちが多くて、活発で、歌ったり騒いだり、やかましい子どもだ。一年間で先生が何度も替わるような荒れた座間市の小学校で、彼は逞しく生きた。

学校で喧嘩をすることは一切なかったが、兄弟喧嘩は多かった。たいていは尚弥が拓真にちょっかいを出し、我慢し続ける拓真がやがて爆発し、つかみ合いになる。もちろん拳は使わず、もみ合って、わめいたりしているところを、母にひっぺがされる、というのがパターンだ。

井上浩樹が目撃した、内緒の話を二つ、ここに書いてしまおうと思う。

あるとき、いつものように兄弟喧嘩が起こった。それはよくあることだが、ただそのとき拓真は相当、腹に据えかねたようだ。きっと本当に本当に、本気で怒ったのだろう。真っ赤な顔で台所にダッシュし、拓真は包丁の柄を握った。心優しいことで有名な次男は、そのときついに包丁を握ったのだ（浩樹たちで慌てて止めたらしい）。

もう一つ、家族親戚一同で、温泉旅行をしていたときの話だ。

子どもたちだけで神社の近くを歩いていた。先頭を歩く尚弥は、大きな声で何かの歌を歌っていた。うるさいぞ！　と酔っ払ったおじさんに怒鳴られたが、うるさくない、とか何とか尚弥は言い返したらしい。

激怒したそのおじさんに掴まれそうになったが、尚弥は高速バックステップでそれをかわした。それから殴りかかってきたおじさんのパンチを、見事なダッキングやスウェイバックでひょいひょいひょいとかわす。おじさんをからかいながら、尚弥は逃げていく。

何かのマンガのシーンみたいだな、と、浩樹は思った。

三、井上家の挑戦

練習だけの日常に、ここから挑戦と勝負が加わっていく。

六年生になった尚弥は、横浜さくらジムのスパーリング大会に参加することになった。

ボクシングを始めてもう五年以上が経ち、身内でのスパーリングは数多く積んだ。だけど尚弥は知らない誰かと対戦をしたことはない。そもそもボクシングの試合というものが、どういうものか、尚弥にはうまくイメージできない。

自分が強いという想像は全くできないが、知らない誰かの強さならいくらでも想像できてしまう。普段は自分より圧倒的に強い真吾と、スパーリングをしているのだ。

大会前日、尚弥は真吾に言った。

「やっぱり、試合は怖い」

言った後、しまった、と思った。こちらを見た真吾が怒るかと思ったのだ。

「よし、じゃあ、いつもより多めに練習するか！」

そういうことではなかったのだが、真吾との練習が始まった。真吾と一緒に練習をしているうちは、明日のことを考える余裕なんてない。

練習後、ストレッチをしながら、真吾が尚弥に話しかけた。

「ずっとお父さんと一緒に練習してきただろ？　今回だって二人で乗りきるんだぞ。ベストを尽くして負けたんなら、お父さんは怒らないからな」

「……うん」

「ああ、そうだ！　ナオ、一発気合い入れていくか？」

何のことかと思っていると、真吾がバリカンを持ちだしてきた。

真吾の顔を見ていると何となくその気になってきて、尚弥はその後、丸坊主にしてもらった（美穂や晴香が楽しそうに、尚弥の頭をさわってきた）。

翌日、気合いの坊主頭にした尚弥は、やはり猛烈に緊張していた。

初めての試合が怖かった。相手が怖いのか、殴られるのが怖いのか、負けるのが怖いのか、もしかしたらその全部かもしれない。

ゴングが鳴ったとき、自分の体が自分ではないようだった。

だけど尚弥は自然とステップを踏んでいた。五年間の反復が、もう尚弥のなかで確かに息づいている。

そしてその後すぐだった。

中学二年生の相手が出してきた左ジャブに合わせて、小学六年生の尚弥の右カウンターが炸裂した。中学二年生は鼻血を出し、レフェリーが慌てて試合を止めた。

わけのわからないまま尚弥はリングを降りた。勝利の喜びよりも、試合が終わったことにほっとしていた。勝ったのは幸運なのか実力なのか、そんなことは全然わからない。

その後も何試合かがあったが、尚弥は勝ち続けた。勝っても自信は持てなかったが、いつの間にか試合への恐怖はなくなっていた。

「ナオ、もっと力抜いて打たないとな。力が入りすぎてるって、自分でわかったか？」

「うん、なんとなく」

試合に勝ってもそんなに褒められなかった。もっと相手が強かったら、と考えれば、まだまだ足りないところがある。それを練習で詰めていこう、と真吾は言う。

そうか、これが試合か、と、尚弥は理解する。ずっとしてきた練習の成果を、今日のような試合で試す。でも思った通りには全然いかないから、また練習する。

これからはどんどん試合に出るぞ、と真吾は言い、実際この日から、井上家のスパーリング行脚が始まった。

尚弥、拓真、浩樹の三人で、各地のスパーリング大会に出る。各地のジムに行って、出稽古をすることもあった。それぞれが課題を持って、かつ、必ず勝つつもりで挑んだ。

そして尚弥は勝ち続けた。

「練習したフェイント、うまく決まってたな」

「うん、結構よかったかも」

「だけど、もう少し頭を振らないと、もっと上手い相手なら、パンチもらうぞ」

帰り道の車のなかでは、その日の試合を振り返った。新たな課題を見つけだし、翌日からの練習に活かしていく。試合に出るのはもう、尚弥にとって楽しいことだ。

当時はキッズボクシングの黎明期だった。大会はまだ少なかったため、神奈川県内だけではなく、東京、千葉、埼玉、茨城、さらには大阪などいろんな場所に行った。時には母や姉も一緒にワンボックスカーに乗り、井上一家の遠征は続く。

現在、井上尚弥の所属する大橋ジムの会長、大橋秀行が尚弥を初めて見たのが、この頃のことだ。神奈川県・鶴見のスパー大会で、大橋ジムの選手も出場していた。このときに出会った縁で、尚弥たちは大橋ジムに出稽古に行くようになる。

大橋の目から見て、小学六年生の尚弥の動きは明らかに図抜けていた。どこが優れているということではなく、スピード、ディフェンス、パンチ、スタミナ、すべてのレベルが図抜けており、将来の〝普通ではない〟活躍を確信させた。

だけど尚弥も真吾も、将来のことなどは考えていなかった。すべては〝今〟強くなることだけだ。自分のレベルといっても、比べるような選手もそれほどいないから、よくわからない（例外として当時から尚弥へのライバル心を隠さなかった同学年の松本亮がいる。松本は現在、大橋ジムの同門であり友人でもある）。


中一になったとき、真吾が尚弥に確認した。

「ナオはこれからどうする？　ボクシングを続けるか？」

「うん。ボクシングを頑張る」

将来チャンピオンになる、といったことまでは考えなかった。ただもっと強くなりたかった。シンプルに、その日にできることを一生懸命やる。一日一日やれることをやって、半歩でも一歩でも強くなれればいい。

その頃、ボクシングを通じて、井上家の結束は強まっていた。真吾が教え、ナオ・タクが頑張って勝つ、というだけではない。食事を作る美穂や、応援する晴香も含めて、みんなで勝つんだ、という雰囲気だった。

自宅前の借家には懸垂用のバーやエアロバイク、ルームランナーが置かれ、いつでも練習ができた。暖房を焚ける減量ルームもあった。後に自宅二階のバルコニーから荒縄も吊した。

中二のとき、埼玉県でのスパーリング大会で、尚弥は初めて負けた。相手はキックボクシングの選手で、気持ちを前面に出した荒い攻撃をしかけてきた。ペースを乱された尚弥は、最後までポイントを逆転することができなかった。

勝ち負けよりも内容というのが、井上家の方針だったが、いざ負けてみると猛烈に悔しかった。並外れた負けず嫌いである真吾に育てられ、尚弥も拓真も自然と負けず嫌いになっていた。

またこの頃、尚弥にもちょっとした反抗期があった。怒ると、二階に上がって扉をバン、と閉めたりする程度だったが、母が追いかけてくることもあった。

「なんだ！　今の閉め方は！」

中学を卒業するまでは親の言うことが絶対、と美穂からは言い聞かされていた。「お父さんの言うことは絶対だから」というのも、何度か言われたことだ。

真吾は厳しい人間だが、細かいことには口出ししてこないから、尚弥は自由に生きてきた。ここを越えたら怒られる、というラインもはっきりしているから、逆に言えばそれさえ守ればいい。でも反抗期だから、ときどきムカつくこともある。

ただどちらにしてもボクシングに関して、二人が創りあげてきた濃密な関係は、反抗期くらいでは揺るがなかった。妥協しない父のことを尊敬していたし、師匠として信頼していた。父との二人三脚が、自分を強くしてくれる、というのは体でわかっている。

井上家のボクシングは、アマチュア特有のタッチボクシングではない。小学生のときから、練習では常に打ち抜くことを意識し、相手を倒すことを考えてきた。アマチュアルールで戦うことはあっても、プロを意識した闘い方をするということだ。

では、現時点で、日本のトッププロを相手にしたとき、尚弥はどれくらい闘えるのだろう。

中三になった頃、尚弥は大橋ジムで、当時ミニマム級の日本チャンピオンだった八重樫東とスパーリングをさせてもらった。

尚弥は全力で挑みかかっていったが、八重樫はそれをすいすいとさばいた。尚弥が放ったカウンターをバックステップでかわし、密着したらしたで変幻自在の連打を浴びせてくる。ラウンドを重ねると、尚弥も少しずつ八重樫の動きについていけるようになるが、捕らえきれない。

八重樫を本気にさせたい、と思っていた尚弥だが、どれくらい本気になってくれたかはわからなかった。

「本当に中三？　末恐ろしいよ」

八重樫は本気ともリップサービスとも取れるようなことを言った。ヘッドギアをとった尚弥は、悔しそうな表情を浮かべたけど、すぐに嬉しそうに笑った。自分より強い選手の凄さを体感して、また目に見える目標ができて、尚弥は本当に嬉しかったのだ。

ちなみにこの三年後、尚弥は高校二年生のときに再び、当時世界チャンピオンになっていた八重樫とスパーリングをした。その際、三ラウンドまで判定をつけたとしたら、尚弥が完全に勝っていたという。

プロになってからも尚弥と八重樫はスパーリングを繰り返し、切磋琢磨した。

尚弥がいなかったら八重樫は三階級制覇なんてできなかったんじゃないかな、と、大橋会長は語る。

四、アマチュア七冠

尚弥が中三のとき、相模原青陵高校の一年生だった浩樹が、真吾の付き添いの下、インターハイに出場した。高校にはなかったボクシング部を形だけ作ってもらい、実際には井上家で挑戦した、ということになる。

――井上家でアマチュア界に殴り込みをかける。

というのがその頃の真吾の口癖だった。自分たちがどれくらい通用するのか、真吾にしてみれば本当に、殴り込みという気持ちだった。

その頃、各地で行われていたキッズボクシングの大会がようやく組織化され、第一回U‐15全国大会が、ボクシングの聖地、後楽園ホールで行われた。

出場した尚弥は、相手を失神に追い込むKO勝ちをするなどして優勝し、優秀選手賞を受賞する。

関係者の間で尚弥は有名になっていたが、本人はそれほど自分の強さに確信があったわけではない。まだ足下が全然固まっていない、という感覚だったから、次の試練を見据え、ボクサーとしての自分を日々、進化させていくことしか考えていなかった。

プロになるのか？　という問いにも、まだこの頃は答をにごしていた。プロボクサーになろう、と明確に思ったのはもう少し後のことだ。

尚弥は浩樹と同じ、相模原青陵高校に進んだ。

ボクシングの大会としては全国高校総体、通称インターハイが夏にある。これを目指して、いつものジムでの練習は続く。インターハイには高校の部活として参加するわけだが、部員は尚弥と浩樹の二人だけで、コーチである真吾が付き添っての出場だ。

アマチュアの公式試合はどんな感じなのだろう……。高校の試合はどんな感じで、また、自分はどれくらい強いのだろう……。

夏、神奈川県予選が、尚弥のアマ初の公式試合だった。

いきなり関東チャンピオンの高校三年生（現在、お笑い芸人の香月純）と対戦したが、二ラウンド、レフェリーストップコンテスト（プロで言うＴＫＯ）で勝利した。続く試合も勝ち続け、予選をあっという間に通過する。

本戦は奈良県で行われた。トーナメントを勝ち上がり、決勝では寺地拳四朗という冗談のような名前の選手（現在は拳四朗として、ＷＢＣ世界ライトフライ級王者）と対戦した。

三年生の拳四朗を、尚弥は三ラウンド、レフェリーストップコンテストで倒した。

高校に入学後、わずか四か月でインターハイを制してしまったわけだが、それでも特別なことをしたとは思っていなかった。

尚弥の出場した階級は最軽量のモスキート級で、選手が少なかったということもある。それから、ちょうどキッズボクシングで活躍した世代が高校生になっており、自分以外にも一年生ながら強い選手がいたこともある。

高校生になってからボクシングを始め、三年生でインターハイに出場する、というような常識が崩れつつある時代だった。小学一年生から数えれば、尚弥のキャリアはもう十年になるのだ。

高校ボクシングには、三つの全国大会があった。一つは尚弥が制した夏のインターハイ、そして秋の国体、さらに春の選抜だ。

秋の国体、ここにはモスキート級がなく、一階級上げてライトフライ級での参加となった(ライトフライ級はこの先、尚弥が長く居座る階級となる)。

大会に参加する尚弥は、かなり緊張していた。

この階級は選手層も厚く、ライバルも多い。階級を上げたことにも不安がある。そして、それらよりもさらに、尚弥を緊張させるものがあった。

国体は県対抗であり、個人が強くても、県全体で弱ければ出場できない。出場してくるのはたいてい、各県にある強豪校の選手だ。円陣を組んで気合いを入れる強豪校は、応援の声も大きい。

強豪校の選手や監督からすれば、チーム井上は面白くないだろう。そして審判や採点。アマチュアスポーツ界に学閥のようなものがあることも、知識としては聞いている。

アマチュアの世界に殴り込みをかける、と常々言っていた父が、尚弥に何度も言った。

「敵地《アウェイ》だと思ってやるんだぞ。僅差の勝ちだったら、判定負けのジャッジもあると思え。だから圧倒的に勝つんだぞ！」

強豪校との試合では、異様な雰囲気になることもあった。まさにアウェイの雰囲気のなか、セコンドの真吾の声だけを頼りに闘った。倒すボクシングを追求してきた尚弥のパンチで、相手選手が担架で運ばれることもあった。

自分たちのやってきたことを信じる！　気を抜かずに闘う！

力の差を見せつけながら、トーナメントを勝ち上がった尚弥は、やがて国体を制した。

そしてその勢いのまま、続く春の選抜も制し、高校一年生にして三つの全国大会を制覇してしまった。

この頃、ようやく尚弥にも自信が芽生えていた。自分のボクシングを貫けば、もう高校では誰にも負けない。いつしか尚弥は、将来プロボクサーになることも決めていた。

——井上尚弥　史上初の高校八冠なるか⁉

ボクシングの専門誌にはそんな言葉が躍った。春の選抜は二回しかチャンスがないため、高校三年間で全てのタイトルを取ると八冠になる。そうなったら快挙だと、尚弥は俄然やる気になっていた。狙っていこう、と父も言う。

だが結果から言うと、それは叶わなかった。

二年時のインターハイ、尚弥はベスト8で対戦した野邊という選手に敗れた。

野邊は定時制の四年生で、尚弥とは過去にスパーリングの経験があった。彼はインターハイに向けて尚弥対策をきっちりとし、ルール改正も味方につけて見事にポイント勝ちをした。国内公式戦で初めて負けた尚弥は、試合後、泣き崩れることになる。

その後、二年時の国体は制したが、春の選抜は東日本大震災のため大会自体が中止となった。その後、三年時のインターハイは制したが、最後の国体は世界選手権と重なって、予選しか参加できなかった。

大会の中止などの不運もあり、高校の全国大会は六大会に出場し五大会を制したということになる。井上尚弥が紹介される際、高校生でアマチュア七冠ということがよく言われるが、残りの二冠は高校の枠を超えた大会の優勝だ。

インドネシア大統領杯と、全日本選手権——。

高校の全国大会五冠も大きな記録だが、記録の真価はこちらの二冠のほうにある。

五、高校二年生の挑戦

話は少し戻って、春の選抜の数週間前のことだ。

インターハイ、国体、と優勝した尚弥は、イランで行われたアジアユース選手権に派遣された。もちろん初めての国際試合だ。

日本からは六階級の選手が派遣された。そのなかで初戦、二回戦に勝利した尚弥だけが、銅メダル以上の獲得を決めた。だが準決勝で、地元イランのマスード・リギに一対七で敗れてしまう。

採点の基準が日本とは違うように感じた。選手の闘い方も違い、先に一点を取った選手は、亀のようにガードを固めて逃げ続ける。国際ルールでの闘い方に違和感を覚えると同時にもう一つ、なにかふわふわした欠乏感があった。

その翌月、高校二年生になったばかりの尚弥は、今度はアゼルバイジャンのバクーで行われた世界ユース選手権に出場した。初戦、二回戦を突破しベスト16入りをしたが、続く三回戦はアマチュアボクシングの強豪国・キューバのヨスバニー・ベイタに完封負けしてしまう。

前回の経験があり、わかっていたはずのことなのに、〝国際大会の距離〟がまったく掴めなかった。逃げる相手をうまく追うことができない。勝った試合も、劣勢から焦って出した左フックで強引に倒した、という感じだ。それともう一つ、前回と同じ、なにかふわふわした欠乏感があったのだが、それについては後でまた書く。

公式戦の二敗がついてしまったが、どちらも敗北してうなだれる感じではなかった。当時の日本ユースは、三回戦に進むことが〝快挙〟と言われるような状況だった。また尚弥に勝った相手がどちらも優勝した、ということもある。

アマチュアで良い成績を残せば、いろんな人に言われることがあった。選手同士で話すこともあるし、雑誌にそう書かれることもある。ましてや国際大会に出たとなれば、それは現実的な話となる。

尚弥はオリンピックを意識するようになっていた。父はもっと意識しており、金メダルを獲ることを本気で考え始めたようだ。

ボクシングでは半世紀近く、日本はメダルを手にしていなかった。ウズベキスタンやカザフスタンの躍進により、日本人選手はアジア予選を通過することすら難しい。大学生でもまだ経験不足が指摘され、現役高校生の五輪代表の例はもちろんない。

だが真吾は本気であり、つられるように尚弥も本気になっていった。

アマチュアで闘うのであれば、最高峰を目指すのは当然のことだ。チーム井上はこれまでも、常識と言われるものを覆してきた。

三年後の二〇一二年に、ロンドン五輪があった。その前にアジア予選がある。アジア予選に日本代表として出るには、大学生や社会人も含めたライトフライ級の全選手のなかで、一番メダルに近い者だと認められなければならない。

高校の試合で活躍すると、大学のボクシング部から誘いを受けることがあった。そういうとき真吾は、すかさずスパーリングのお願いをした。父のブッキングで、尚弥は拓殖大学などへの出稽古を始めた。先方は高校生に負けるわけにはいかないから、険悪とでも言うべき雰囲気のなかでのスパーリングになる。ひりついた出稽古を通じて、尚弥のメンタルは知らず知らずのうちに強靭になっていく。

九月、国体を制した尚弥は、その後にある全日本選手権にエントリーした。全日本選手権での相手は、大学生や社会人になる。尚弥はまだ高校二年生だが、日々のスパーリングのなかで、大人を相手にして臆するようなことはなくなっていた。

十一月、関東のブロック予選を突破した尚弥は、山口県で行われた全日本選手権の本戦に出場した。強豪と言われる社会人や大学生相手に勝ち進み、最もマークしていた選手にも勝利した。だが決勝では駒澤大学一年生の林田太郎に判定で敗れてしまう。

完敗だった。自信を持っていた攻めを封じられ、焦って強振し、スタミナが保たなかった。

「これから、打倒林田だな」

「うん」

負けても親子の気持ちは、前向きなままだった。悔しさはもちろん大きいのだが、課題や目標が見つかったことへの嬉しさもある。

体力差を思い知った試合だった。ならば、と馬力をつけるために坂道でワンボックスカーを押したり、ベランダから吊した荒縄を腕力だけで登る、といったトレーニングを始めた。

また世界チャンピオンの八重樫東とスパーリングを始めたのもこの時期だ。

この後の試合も含め、井上尚弥のアマチュア全戦績は七十五勝（四十八ＫＯ／ＲＳＣ）六敗だ。六つある黒星のうち、完敗と思ったのは林田との試合だけだという。

真吾はこの頃、神奈川県秦野で、アマチュアの選手や運動目的の人を対象とした「井上ジム」を開いていた。もともとそこにあったジムが閉鎖するというので、居抜きで買い取ったものだ。塗装業は真吾がいなくても回るようになっていたため、なるべく仕事を早く切り上げ、トレーナー業に多くの時間を費やすようになった。

尚弥も毎日ここに通ってトレーニングし、一般の人を教えるアルバイトなどもした。

六、快挙

日々の練習や出稽古行脚が続くなか、高校最後の一年が始まった。

全日本選手権での成績が評価され、尚弥はインドネシア大統領杯に参加する日本チームのメンバーに抜擢された。伝統あるこの大会は、日本ボクシング協会にとって、ロンドン五輪に向けたテスト試合という意味を含んでいる。

海外の選手相手には、がむしゃらに攻めるだけではポイント負けしてしまう。練習ではバックステップやサイドステップを根本から見直し、作り直そうとした。

七月、ジャカルタに向かう前に、日本チームは東京・赤羽のナショナルトレーニングセンターで合同合宿を行った。合宿ではロンドン五輪で金メダルを獲ることになる村田諒太を始め、各階級を代表するメンバーが集まっていた。

気さくに話しかけてくれる村田諒太は、尚弥のことをバケモノだと言った。そして自分の大学時代の先輩の須佐勝明という選手のことを「天才だから参考にしたほうがいい」と紹介してくれた。

後から合宿に合流した須佐勝明とマスボクシング（力を入れず打ち合うスパーリング）をしたとき、尚弥はかつてない衝撃を受けた。今までに様々な相手とスパーリングやマスをしてきたが、こんなことを感じるのは初めてだった。

この人はとてつもなく強い――。

井上尚弥は素直で人懐っこく、また須佐勝明は親切で後輩思いだった。

須佐は尚弥のことを弟のように可愛がり、尚弥は兄のように慕った。

この合宿や、この後にある世界選手権前の合宿で、二人は師匠と弟子のような練習時間を過ごした。尚弥は須佐から、様々なことを教わった。

四方八方から攻撃するバリエーション――。打った後にすぐステップバック――。海外選手の特徴――。そして距離の詰め方――。

部活動などでボクシングを始めることの多い日本では、選手は正々堂々の勝負を旨とする。それは素晴らしいことだが、同じ感覚のまま、国際試合で勝つことはできない。守りを軸にする海外選手と闘うときには、まず相手との距離を詰めなければならない。その詰め方のバリエーションがなければ、攻撃が単調になり、必ず逆襲を喰らう。

須佐が尚弥にしかけてくれる攻撃は、こんな方法もあるのか、と、尚弥には画期的なものばかりだった。

須佐は尚弥にとって第二の師匠になった。試合動画を観ても、須佐の動きはまさに天才的で、参考になることばかりだ。それなのに……、なぜ……。

こんなにも強い須佐勝明が、前回の北京オリンピックでは本戦に出場できず、一度、引退している。一体それは、どうしてなんだろう……。

合宿後半、各選手の減量が進むなか、尚弥にも少しずつわかってきた。

須佐の減量は生きるか死ぬかというレベルのものだった。プロの計量は試合前日に行われるため、絞っても試合当日にはある程度、体調を戻すことができる。一方、アマチュアの計量は試合当日に行われる。

北京オリンピックの予選では、須佐はガムを噛んでペットボトルに７００ミリリットルの唾液をはいて計量をパスした。その後の試合では、動けるような状況ではなかったらしい。

一度、引退してから今回、復帰したのは、ルールが改定されてフライ級のリミットが１kg増えたからだ。須佐はこの１kgに賭けたのだ。

それぞれの思いをはらんだ合宿は進む。

飛行機は明日、ジャカルタへと飛び立つ。


同じ頃、井上真吾も己の心と闘っていた。

尚弥の試合まであと数日ある。だけどそのことを思うと不安で、酒量は増えるばかりだ。

大丈夫なんだろうか……。本当に大丈夫なんだろうか……。焼酎を浴びるように飲みながら、真吾は眉間に深くシワを寄せる。

「大丈夫だから」

美穂は何度も言うのだが、不安は膨らむばかりだった。

真吾は荒くれた青春時代を送ってきた。その後、必死に働いて仕事の面では成功したと言ってもいい。今はボクシングにかける息子たちのためなら、何だってしてやりたいと思っている。だけど……、だけど自分は……、

飛行機が怖い――。

そんなバカな、と他人は思うかもしれないが、怖いものは本気で怖かった。実際、息子たちの試合に付いていかなかったことなどないのだが、尚弥が闘ったイランとアゼルバイジャンの国際試合には付いていかなかった。

そして尚弥はその二つの国際試合で負けた。同行したコーチがセコンドをしてくれたのだが、尚弥はいつもと同じ気持ちで闘うために、父がコーナーにいる〝つもり〟で、試合をしたらしい。

もし自分が同行していたなら勝てたかもしれない、とまでは思わないが、違う展開もあったかもしれない。力になれたことは何かあるはずだ。

次は絶対行かなきゃだめ、と、美穂にも強く言われていた。お父さんが行ってナオが負けるのはしょうがないが、行かずに負けるのは納得できない、と、美穂は言う。

全くその通りだ。全くその通りだから、腹をくくって航空券は手配した。でも怖い。

フライト前日に焼酎を飲み明かし、真吾は飛行機に乗った。

機内では拓真から借りた携帯ゲーム機でマリオを操り、ひたすら現実逃避した。トランジットのことを理解しておらず、飛行機が下降し始めたときには、本気で墜落したのかと思い、叫びそうになった。

ジャカルタに着いたとき、自分はやり遂げたんだ、と思った。


試合前に真吾とミット打ちをし、尚弥は体と緊張をほぐした。

会場も観客も審判も相手も何もかもがいつもとは違うこの地で、小学生のときから繰り返したこのミット打ちだけが、自分の輪郭を浮かび上がらせてくれる。

「荒くなったら、ショートの指示をしてよ」

「わかった。最前列にいるからな」

セコンドに付いてくれるのは日本チームのコーチだが、真吾も指示を送ってくれる（当時の映像を観ると、真吾がひときわ大きな声で叫んでいるのがわかる）。

二〇一一年インドネシア大統領杯――。

ロシアやカザフスタンや中国など世界の強豪を含む二十五か国が参加していた。ライトフライ級で勝ち上がった尚弥は、準決勝を僅差で逆転勝利した。

そして最終日のこの日、決勝戦でフィリピンの選手と対峙した。

真吾の見守るなか、この試合は終始リードを奪った。そしてそのまま勝利する。

快挙だった。尚弥は国際トーナメントを、高校生ながら制したのだ。

快挙はそれだけではない。この大会、井上尚弥、須佐勝明、村田諒太の三人が金メダルを獲得し、日本は団体としても同大会初の総合優勝を飾った。この規模の国際大会では近年にない快挙だ。

だが尚弥が試合後、客席の真吾の下に向かうと、いきなり大声で怒鳴られた。

「なんだ最後のラウンドは！　あんなもん、おれたちの理想にほど遠いぞ！」

リードしていた最終ラウンド、気を抜いてポイント差を縮められたことを、真吾は怒っている。会場も観客も審判も相手も何もかもがいつもとは違うこの地で、真吾が怒る姿は、いつもと何一つ変わらない。

実際、喜んでいる暇はなかった。九月にはロンドン五輪の予選を兼ねた世界選手権がある。そこへの出場をかけた選考会が、十日後にあるのだ。

七、あったかもしれない未来と、なかったかもしれない現在

オリンピックに出るには、世界選手権で良い成績を残すのが命題となる。

それにはまず、世界選手権に派遣される各階級一名の、日本代表に選ばれなければならない。そのための選考会は、無観客試合という形で行われる。

選考会最終日、初戦を勝ち上がり、ライトフライ級の決勝に残ったのは、尚弥と林田だった。尚弥にとっては昨年の全日本選手権で完敗した相手だ。

あれからずっと打倒林田を意識してきた。だが林田にしてみればそれ以前から、ずっと年下の尚弥を意識している。

負けたら終わり、というつもりで尚弥は試合に臨んだ。だがそれは林田にしても同じだ。真っ向勝負だった。試合は接戦となったが、僅差で尚弥が上回った。見る人によっては尚弥、見る人によっては林田、というくらいの、どちらが勝ってもおかしくないような試合だった。

勝ったとわかったときは、本当に嬉しかった。

大差だろうが紙一重だろうが、競技者は勝者と敗者に分かれる。たとえそれが紙一重だとしても、勝者は全てを手にし、敗者は何も手に入れることができない。あったかもしれない未来と、なかったかもしれない現在は、ろうそくの炎のように揺らいでいる。

今回、望む未来をたぐり寄せたのは、尚弥のほうだ。

体力負けすることがないよう、厳しい練習を自分に課してきた。短期間ではあるが濃いキャリアを積み重ねてきた。それが僅差の勝利になって表れた試合だった。

これにより尚弥は、同じく運命をたぐり寄せた須佐や村田とともに、世界選手権への出場を決めた。

八月、尚弥は最後のインターハイを優勝で飾った。休む間もなく、国体の関東ブロック大会を制し、須佐や村田などとともに、世界選手権のために合宿入りする。

そして九月、アゼルバイジャンのバクーへと向かった。

ここから運命の針は、激しく左右に振れることになる。

世界選手権で十位に入れば、オリンピック本戦への切符を得ることができる。ライトフライ級のアジア枠は六人だから、例えば十位以内にアジア人が三人入れば、その三人はアジア枠でのオリンピック出場者として決定する。残りの三枠は、来年のアジア選手権で争われる、ということになる。

インドネシア大統領杯で優勝した尚弥が、オリンピック本戦に出場できる強さを持っていることは明らかだ。だがそれを実現するためには、実際に勝ち上がって、その切符を掴まなければならない。

トーナメント一回戦、尚弥はインドネシア代表を、大差の判定で下した。続く二回戦は、アルメニア代表を、二ラウンド・レフェリーストップコンテストで下す。これで尚弥は、ベスト16入りを決めた。

あと一つ勝てばベスト8で、十位以内に入る。だがくじ運悪く、次の相手はキューバ代表のヨスバニー・ベイタだ。ベイタには高校一年生のとき、世界ユースで負けている。

運命の試合が始まった。この試合に勝てば、オリンピック本戦への出場が決まる。

前回はポイントを取れずに完封されたが、今回は接戦となった。

あれから二年半、父と鍛え、須佐から学び、尚弥は走り続けてきた。尚弥は海外選手との闘い方にも適応し、世界ユースで優勝したベイタとの差を埋めたのだ。

だが、結果は僅差の負けだった。悔しかったが自信にもなった。まだ敵わない相手はいるが、世界中のどのような相手であっても、自分は〝勝負〟できる。悔しさと満足感を胸に、ベスト8に進んだ者たちの試合結果を待った。

ベイタがあと二つ勝って決勝まで残れば、尚弥の九位または十位が決定し、オリンピック出場が決まる。トーナメント表を見ての予想でも、その可能性は充分にある。

だがベイタはモンゴル代表に、不可解なほどあっさりと負けてしまった。これにより尚弥がオリンピック出場を決めるには、来年のアジア選手権を待たねばならなくなった。

気持ちを切り替えようとしていると、目の前で驚くべきことが起こっていた。

躍進するアジア勢がベスト8に五人も残り、オリンピック出場アジア枠はあと一人になってしまった。ベスト16に進んだ者のうち、優勝者と準優勝者に負けたものが、九位と十位になる。

何の因果か、そこでも一人、アジア勢が滑り込んだ。それでライトフライ級のアジア枠は埋まってしまった。

他階級の日本勢では、村田諒太と鈴木康弘が、ロンドンオリンピック出場を決めた。

だが尚弥の望んでいた未来は、あっさりと消滅してしまった。

失意の尚弥は帰国することになる。


目指すものがなくなってしまった尚弥に、真吾は一階級上げてフライ級での再挑戦を勧めてきた。フライ級には確かにまだ、アジア枠が残っている。

だがフライ級でオリンピックに行くには、師匠と慕う須佐を倒さなければならない。気持ちが前向きにならないなか、それでも練習を続けていく。あと何か月かすれば、尚弥の高校生活が終わる。

十一月、全日本選手権大会が行われた。

勝ち上がった尚弥の決勝の相手は、やはり勝ち上がってきた林田太郎だった。尚弥のアマチュアボクシング七冠目をかけての、ゴングが鳴る。

真っ向勝負の末に、今回は尚弥が大きく差をつけての勝利となった。前年に完敗し、数か月前には接戦で勝った相手だ。

日本ボクシング史上最強の高校生、井上尚弥は、絶え間なく進化している。

「今日でやっと気持ちが晴れたよ。これで引退できる」

リング上で林田は言い、去っていった。

尚弥にとっても、これでアマチュアでの挑戦は終わった気がした。

モチベーションが上がらず、練習になかなか身が入らない。フライ級でのオリンピック挑戦も視野にあったのだが、この階級での実績がないため今からでは選考会に出られないらしい。

高校の大会での五冠に加え、年齢の枠や日本の枠を超えての二冠——。それで充分かもしれない——。そう思っていた尚弥に、予想もしない連絡が入った。

四月にカザフスタンで行われるアジア選手権は、各階級のオリンピック出場枠を巡っての闘いになる。ライトフライ級にはもう枠がないのだが、ヨーロッパのミドル級の一枠が、アジアのライトフライ級の一枠にスライドされるかもしれないという（軽量級でのアジア勢の躍進がこの理由だろう。またアジア選手権の開催国カザフスタンには、ジャキポフというライトフライ級の世界的強豪がいて、そこへの配慮もあったかもしれない）。

わずかな可能性を信じて、尚弥は日々の練習を続けた。実際に枠が移動されたという知らせを受け取ると、何より目標ができたことが嬉しかった。

四月、尚弥は十九歳になった。そして須佐（須佐はこの大会でオリンピック出場を決めることになる）や、正式に全日本のコーチになった父とともに、カザフスタンに向かった。開催国カザフスタンのジャキポフが上がってくるだろう、と予想していた。前に出てこないサウスポーという、尚弥が最も苦手とするスタイルの選手だ。だから同じくサウスポーで当時世界チャンピオンだった五十嵐俊幸にスパーリングをお願いするなどして、対策は充分に積んできた。

アジア選手権一回戦、キルギス代表を撃破し、二回戦ではタジキスタン代表に苦戦しながらも逆転で破った。そして予想通り決勝に上がってきたジャキポフと、尚弥はリング上で向かい合う。

ずっとオリンピックを目指してきた。この大会で優勝すれば、念願の出場が叶う。自分は強くなっている。

絶対に勝つ！

慣れないサウスポーの強豪を相手に、井上はがむしゃらに攻めた。気負いすぎて大振りになり、逆に相手の細かいパンチをもらってしまう。焦って出した左フックや右ストレートが、相手にさばかれる。

だが尚弥は必死に喰らいついた。ここまでオリンピックを目指し続けた道のりのように、最後まで逆転を信じて――。

強振するパンチの一発、一発、ガードやサイドステップ。尚弥の動きとともに、未来は最後の最後まで揺らめいた。あったかもしれない未来と、なかったかもしれない現在――。

一一対一六――。

そのポイントが示されると、運命は収束していった。

尚弥は力みすぎて、自分の力を出しきることができなかった。練習してきたことをすべて出せなかった。あと一歩で、オリンピック出場だった。

届かなかった五ポイントのことを、我々はなんと呼べばいいだろう。

敗れた尚弥は、この大会では銀メダルを獲得した。高校生としてアマチュア七冠という快挙も成し遂げた。振り返ればまさに駆け抜けた、青春の日々だった。

だけど最後の最後に、大きな挫折を経験した。

胸に空いた穴を埋めようとするかのように、尚弥は次のフェーズへと向かう。

八、プロ入り

リビングの真ん中に、大きなテーブルがある。

取りたいおかずを取れる回転テーブルの付いた、中華料理店によくあるものだ。井上家では何かあるとこれを囲み、家族会議が開かれる。

「ナオ、これからのこと決めたか？」

「うん。プロを目指す」

それが三日間悩んで、出した結論だった。

プロ入りするか、それとも大学に入って次のリオデジャネイロ・オリンピックを目指すか――。

もともと尚弥はプロボクサーになるつもりだった。ただアマチュアにはやり残したことがあるし、お世話になった人もいる。だから三日間、真剣に考えた。

もっともっと強くなり、四年後のリオで、良い成績を残す自信もあった。だけど四年は長い。その間、プロの世界チャンピオンを目指せば、辿り着ける気がした。

自分にとっては、どちらのほうが燃える挑戦になるだろうか……。

打たせずに打つ。打ち抜く。十二ラウンド闘える体力をつける。六歳の頃からやってきたのは、プロでの闘いを意識した練習だ。そのなかでアマチュアのルールに対応し、あるいは海外の選手に対応し、ということをしてきた。

結果、尚弥のアマチュアでの勝利は、レフェリーストップコンテストによるものが多い。逆に負けたのは、判定のみだ。プロ向きの選手であると、いろいろな人にも言われる。

尚弥の内なる声は叫んでいた。自分は今すぐプロの世界で、自分の力を試したい。チーム井上で、どこまで行けるか試してみたい。

真吾のほうはその後、三日よりも長く悩んだ。尚弥がプロに行きたいなら、そのことに異論はない。尚弥のために、どのような道を作ってやれるか、真吾は今までになく悩んだ。

一つは、多くある誘いのなかから、どのジムに入門するのが一番、尚弥のためになるだろう、ということだ。そしてもう一つは、今後、プロのジムのトレーナーに指導を任せるか、それともこれまで通り自分が教えるのか、ということだ。

尚弥と拓真に関して、真吾はとことん細かいところまで口出しするし、一切の妥協はしない。他のトレーナーの指導を外から見る限り、少なくとも尚弥に関して、ここまで細かく、他人では不可能なほど追い込んで指導できるのは自分だけだ。だけど本当に、このままでも良いのだろうか。尚弥にとっては他のトレーナーに教わったほうが良いこともあるのではないだろうか。

真吾はアマチュアボクシングの経験しかなく、例えばプロのバンデージの巻き方などはわからない。ただそういう具体的なことよりも、これはもっと漠然とした悩みだ。やっぱり尚弥はそろそろ、他のトレーナーに任せたほうが良いのではないだろうか……。

「あんたがやったほうがいいと思うよ。ナオもそれがいい、って言ってるんだし」

焼酎を飲む真吾に、美穂は言った。でもなあ、と、真吾は焼酎を飲み続ける。

「あんたがやらなきゃだめよ。ナオだってそっちのほうがいいんだから」

翌日、また焼酎を飲む真吾に、美穂が言った。その翌日にも美穂は言った。

「あんたがやらないと、絶対ダメになるわよ」

焼酎を飲みながら、真吾は腹をくくっていった。

良いトレーナーはたくさんいるだろうが、井上家のボクシングを貫けるのは自分だけだ。誰かに任せるのではなく、これからも二人三脚を貫き通そう。今まで通り、とことんやろう。そうと決めたら、一切の迷いはなかった。

ジムは大橋ジムの世話になることにした。以前からスパーリングなどで世話になっており、大橋会長や松本トレーナーの人となりもわかっている。場所も横浜だから通いやすく、設備も整っている。

大橋会長と話した真吾は、入門にあたって二つの条件を出した。一つは今まで通り、自分がトレーナーをすること。そしてもう一つ、今後組まれる試合について、「強い選手と闘う。弱い選手とは闘わない」というものだ。

それはかっこつけの台詞や強がりのブラフではなく、尚弥の成長を冷静に考えてのことだ。選手に自信をつけさせるために、勝てる相手を探してきて戦績を積み上げていく方法はよくあるし、それは間違ったことではない。

ただ、自分よりレベルの低い選手に勝つよりも、キャリアが上の選手と競って勝つことで、〝多く〟の収穫を〝早く〟得ることができる。それが今まで井上家のやってきたボクシングだ。小学生のときには中学生と闘い、中学生や高校生のときに大人と闘い、一戦一戦、何かを学んできた。

限られた競技寿命だからこそ、一戦一戦を無駄にしたくない。チーム井上が手に入れたいものは、連勝の記録や防衛回数の記録などではなく、〝本当の強さ〟だ。


二〇一二年七月二日、井上尚弥の入門発表会見が行われた。

「井上君は何年、何百年に一人、というレベルではなくて、怪物です」

と、かつて〝百五十年に一人の天才〟と呼ばれた大橋が言った。そして翌日のスポーツ新聞には「怪物」という言葉が躍った。

大橋は、尚弥の日本最短での世界王座奪取を宣言した（大橋はその後も、ラスベガス進出、五階級制覇、具志堅用高の日本記録を超える世界王座十四連続防衛、メジャー四団体統一、ボクサー初の国民栄誉賞、などを公言している）。

実績も充分な逸材の初期キャリアを、この日から大橋は、派手な仕掛けでデザインしていった。現役王者との公開スパーリング、というのも、その一つだ。

七月十日に行われたプロテストも、異例の形式だった。実技試験が後楽園ホールの興行内で公開され、しかも相手はいきなり日本ライトフライ級王者だった（結果は左右の連打でコーナーに追い詰めるなど実力を示しての合格となる）。

そして十月二日、後楽園ホールでのプロデビュー戦は、まさに異例ずくめだった。通常C級デビューなら四ラウンド戦、B級なら六ラウンド戦からのスタートとなるが、尚弥のデビュー試合はいきなりA級八ラウンド戦だった。A級でのプロデビューは二十五年ぶりのことであり、十代では初となる。しかも対戦相手は格上も格上、二階級を制覇している現役のフィリピン王者だ。

強い選手とだけ闘う、という約束は守られたが、これは、いくらなんでもやりすぎではないだろうか……。

試合はTBSで放映されたが、大橋は放映権料を放棄する代わりに、他局のカメラを入れることを認めさせた。結果、NHKでも特集されることとなる。

新人のデビュー戦に何台ものカメラが入るという異様な熱気のなか、尚弥は緊張したまま、試合開始のゴングを聞いた。リング中央に向かって、尚弥は飛びだしていく。

何もかもが今までとは違った。アマチュアとは違って、ヘッドギアはつけず、グローブも小さい。グローブが薄くなったぶん、距離感が微妙に違う。当たったと思ったジャブが浅い。

どう修正しようか思考はまとまらなかったが、体は勝手に動いていた。

舞い上がったまま相手を追いかけ、パンチを打ち込んだ。右ストレートがうまく相手のボディに刺さる。

どっ、と会場が沸くのがわかった。コーナーに歩いていくようにしたフィリピン王者が、膝をついていきなりダウンした。やがて立ち上がった相手の意志を確認したレフェリーが、試合再開を告げる。

ＦＩＧＨＴ！

これがプロの舞台か、と尚弥は興奮していた。

試合をしながら、楽しいと感じた。満員の後楽園ホールの観客の目が、自分に注がれている。尚弥のパンチに呼応するように、歓声があがる。

二ラウンド以降、わかってはいたことだが、戸惑いがあった。いいパンチを一発効かせて、そのままパンチをまとめればアマチュアならストップがかかる。まだ止めないのか、と何度も思った。

倒しきろうとするにはリスクもあるから、一ラウンド以降、攻め方に迷い続けている。

パンチが強いぶん、尚弥は拳を傷めることが多かった。実はこの試合の十日前、スパーリングで右拳を傷めていた（それ以降はスパーリングができていない）。試合ではあまり拳を傷めるような、腰を入れた右のパンチは打てない。

どっと沸いた歓声に、拍手や悲鳴のようなものが混ざっていた。

迷いを断ち切ったのは、尚弥の頭ではなく、子どもの頃から積み重ねたパンチの重さだった。尚弥が打ち込んだ（利き手ではないほうの）左ボディによって、相手がマットに沈んでいる。四ラウンド二分四秒ＫＯ――。

怪物のデビューを見届けた観客の拍手は、しばらく止まなかった。

この結果により、尚弥はプロテストからわずか三か月で、ＯＰＢＦ東洋太平洋ライトフライ級十位、また日本ライトフライ級六位にランクされた。

短い期間でプロのボクシングに対応し、世界挑戦まで一気にいく、というのが大橋の描いた青写真だ。それは、強い相手としか試合をしない、という真吾や尚弥の思いとも合致する。

ボクサーの選手寿命は長いとはいえず、一年にできる試合は三試合か四試合といったところだ。世界チャンピオンになるのが目標であれば、着実にキャリアを積んで、世界戦に見合う実力をつけて、というやり方でもいい。だが、その先を目指すならば、一気に駆け上がらなければならない。

かつて日本ボクシングのカリスマ辰吉丈一郎が、プロ入り八戦目で世界王座を獲得した。その後、井岡一翔が七戦目での獲得を果たした。尚弥が目指すのはこれを上回る六戦目以内での世界奪取だ。

だが二戦目にして早くも、試合相手探しには苦労した。

世界ランカーと試合をして勝てば、世界ランキングが手に入り、世界挑戦が近くなるため、当初、大橋は世界ランカー三人と交渉していた。うち一人とは契約寸前まで進んだが、相手側の交渉人が尚弥のデビュー戦の動画を観て、キャンセルしてきた。格下なのに強すぎる尚弥は、対戦相手として最も選ばれにくい。

一月五日、後楽園ホールのメインイベントで、尚弥はタイの国内王者と闘うことになった。弱い相手ではないが、本当なら世界ランカーと戦いたかった。

「少ないキャリアで、多くのことを学ばなきゃならないからな」

課題を見つけるために、早いラウンドでは仕留めるな、と言われていた。一ラウンドや二ラウンドではチャンスが来ても無理に倒しにいかず、それより練習したことを試してみようと、真吾と尚弥は確認する。

「左！　いろんな左！」

一ラウンドが始まると、セコンドの真吾の声が飛んだ。ただ勝つだけではなく、左手一本で試合をコントロールするというのが、今回の課題だ。

様々な左の攻撃を試すなか、タイ王者が右を放ってきた。とっさに左フックを合わせると、相手はあっけなくマットに沈んでしまった。

一ラウンド一分五十秒ＫＯ——。

気分は良かったが、目的としていた課題探しはできなかった。


アマとプロは違うというのはよく言われることで、アマチュアで良い成績を残したからと言って、プロで通用するとは限らない。だがこの注目のルーキーは、アジアの国内王者を二人も簡単に倒してしまった。

ボクシングファンにとってはもちろんだが、その枠を超えた注目を、尚弥は集めていた。

ロンドン五輪アマチュアボクシングでの日本人躍進を経て、メダリストたちがプロ入りしたこともある。ロンドン五輪金メダルの村田諒太による「尚弥は化け物ですから」という発言も話題になった。

ここまでプロ経験という意味では二戦を終えたが、ラウンド数でいえば合計五ラウンドしか戦っていない。試合となればまだ戸惑うこともあり、地に足がついていないようなところもある。だがそんなことは関係なく、怪物幻想は膨らんでいく。

ここから先の二試合、尚弥の試合は村田諒太の試合（一試合目はプロテストの公開スパーリング）と同時に、ゴールデンタイムでテレビ中継されることになる。ボクシング人気を回復させよう、という意図を含んだ、お祭り的な番組作りだった。

そしてこの二試合は、言葉通りの意味ではないが、尚弥がプロの洗礼を浴びた、という試合だったかもしれない。相手はどちらも日本人で、なかなか決まらなかった尚弥の試合を引き受けた勇者たちだ。

この二人は、注目される尚弥との試合を大きなチャンスと捉えた。キャリアでは格下の尚弥に対して、挑戦者のつもりで闘う。一試合目の相手の佐野友樹は、この試合の作戦を〝命がけ〟と表現した。

佐野は日本ライト級の一位にランキングされているため、そのままの状態でいれば、いずれ指名試合で日本チャンピオンに挑戦できる。ランキングでは格下にあたるスーパールーキーとの対戦に応じる理由はどこにもない。

だがこの試合を、自分が飛躍できる最後のチャンスと捉え、彼は尚弥に〝挑戦〟したのだ。

九、洗礼その一

二〇一三年四月十六日、後楽園ホールは終始どよめいていた。

攻め続ける尚弥が試合をコントロールし、会場にはずっと尚弥コールが渦巻く。初めての経験となる五ラウンドに入っても、尚弥のハイテンポな攻めは途切れない。素早いフットワークから左ジャブで佐野を牽制する。

そんななか右目尻から出血した佐野が逆襲に転じると、野太い歓声があちこちで沸いた。佐野友樹は会場の空気を味方に付けつつあった。才能も実力もあるスーパーホープに対して、死んでもいい、とばかりに根性だけで立ち向かっていく。その姿が日本ボクシングの殿堂、後楽園ホールの観客の胸を打ったのだ。

だがほとんどの観客にはわからないところで、尚弥もぎりぎりの勝負をしていた。

二ラウンドには、右ストレートをちらつかせながら、左ボディを狙い、相手のガードを視認した瞬間に左フックに切り替えるという離れ業でダウンを奪った。カウント8で立ち上がった佐野は、目尻から出血していた。そこから根性を見せる佐野を追いかけながらの三ラウンド、尚弥にも重大なアクシデントが起こった。

右ストレートが佐野の頭部に当たった際、右拳に激痛が走った。少しの痛みであれば、試合中は忘れることができる。だが肩まで痺れるようなその痛みは、そういうレベルではない。

四ラウンド以降、軽快なフットワークで距離を取り始めた尚弥は、観客には余裕を見せつけているように思われたかもしれない。だが実のところ凄まじい集中力をキープし、〝しのぐ〟のではなく〝闘って〟いた。

角度を様々に変えた左ジャブや左フックで、佐野を追い込もうとする。高レベルの技術で、左腕一本で戦うハンデを埋め続ける。

左の差し合いを完全に制し、試合の主導権は渡さなかった。ただとどめの右を打ち抜くのに躊躇《ため》らう瞬間、反撃のパンチを喰らってしまっていた。そのたびに後楽園ホールに、佐野への歓声が沸く。

尚弥は相手の右ストレートを誘い、そこに左フックを合わせようとした。右をフェイントに使い、左のカウンターで再びダウンを奪ったときには、立ってくるな！　と叫ぶように思った。だけど佐野はすぐに立ち上がった。コーナーに詰めて連打しても、佐野はしぶとくパンチを避け続ける。

ボクシングでは圧倒していたが、決着は十ラウンドまでもつれこんだ。尚弥は左フックを何度も振り、痛む右のストレートも打った。ダメージを蓄積させた佐野は尚弥のパンチを浴びて何度かぐらつき、ついにレフェリーが試合を止めた。

十ラウンド一分九秒ＴＫＯ――。

後楽園ホールには、両者を称える歓声が沸いた。

「ありがとうございました」

「ありがとう。今、闘えてよかったよ」

試合後、歩み寄った二人は言葉を交わした。一方的に尚弥のパンチを受け続けた佐野は、顔を大きく腫らしながら笑顔を作った。

プロボクシングでは、ときどき見られる光景だ。百戦錬磨のベテランと新鋭が刹那に交差し、ここから大きく離れていく。

尚弥にとっては、日本ランカーのしぶとさを知った試合だった。

初めての長丁場で、自分が十ラウンド、ハイテンポに動き続けられることがわかったのは収穫だった。


ゴールデンタイムでのテレビ放送は凄いものだ。

試合の後、尚弥は街を行く人に声をかけられるようになった。

この試合、リングサイドに芸能人や元世界チャンピオンが集まっていた。試合は尚弥のワンサイドだったが、実況ではその状況を超えるほど、尚弥の怪物ぶりを強調し続けた。

メディアが怪物、怪物と騒ぐぶん、怪物ではない、という声も増えるものだ。まだ何の実績もないルーキーをメディアが無理矢理持ち上げている、というイメージを持つ者もいる。日本ランカー相手に十ラウンドでのＴＫＯ勝ちを、怪物にしては物足りない、と感じる者もいる。

盛り上げてくれるのはありがたいことなのだが、ストレスはそのぶん増えた。怪物という言葉に、尚弥は少しナーバスになっていた。

少なくとも尚弥は自分のことを、怪物だなんて思ったことはない。自分に才能があるという前提に立ったことも一度もなく、今だってプロボクシングにアジャストするために、様々なことを試し、積み重ねている途上だ。

もともと騒がれていた尚弥よりもむしろ、この試合で株を上げたのは佐野だった。自分と闘ってくれた佐野の株が上がるのは、尚弥にとっても嬉しいことなのだが、自分はそのことのために苦しい減量をして闘ったわけではない。そのことのために、練習を積み重ねているわけではない。

決めるときにはきっちり決めないと、根性のある選手は決して諦めてはくれない。実力差がどれだけあっても、決めるときに決めないと試合は終わらない。

知らず知らず次戦に向けて、気負いのようなものが、尚弥に芽生えていた。

十、洗礼その二

日本チャンピオンと東洋太平洋チャンピオンを取って、国内にはもう敵はいないとなったうえで世界挑戦する。というのが井上陣営のプランだ。

だがこれらのチャンピオンはなかなか挑戦を受けてくれない。ランキング上位にいれば、いずれ指名試合で闘えるのだが、それを待っていると早期の世界挑戦という命題が果たせなくなってしまう。

だから、尚弥にとっては運が良かった。

四月に新しく日本王者になった田口良一が、試合後の控え室で、尚弥との対戦を希望した。このためマッチメイクは滞りなく進み、尚弥の四戦目は、スカイアリーナ座間での日本タイトル戦に決まった。

四戦目での日本タイトル戴冠となれば、平仲明信、辰吉丈一郎に次ぐ三人目の快挙だ。その記録のことは意識したことがなかったが、試合が決まってからはかなり意識した。

地元のスカイアリーナ座間には大勢の友人や知人、応援してくれる人々が駆けつけてくれる。しっかりとKOで勝ちきって、自分がベルトを巻く姿を見せたい。

どちらが勝つかというより、尚弥が何ラウンドで倒すかということに注目が集まっていた。自分でもKOで勝てると思った。一年前、六歳年上の田口とスパーリングをして、一方的に打ちまくったうえにダウンまで奪った。スパーリングと同じだとは思わないが、彼は丁寧なボクシングをするタイプで、怖さのようなものは感じない。

試合に向けての練習では、しっかり狙うことを心がけた。前回の試合のように、がむしゃらにパンチを打っていると拳の怪我を招いてしまう。ピンポイントでアゴを打ち抜けば、怪我を防げるしＫＯにも繋がる。

八月二十五日、地元の大声援のなか、尚弥は挑戦者として先にリングに向かった。花道では知った顔をいくつも見た。減量があまりうまくいかず体調は万全ではなかったが、気力は充実している。

一ラウンド、様子見の時間が過ぎると、尚弥は声援を背に飛ばした。近距離と長距離、上と下、素早いシフトチェンジで相手を置き去りにする。だがパンチを当てても、田口は怯まず、ワンツーや左フックを返してくる。

二ラウンド、三ラウンド、四ラウンド、と、尚弥の攻勢は続いた。前に出てくる田口をジャブでコントロールし、カウンターを打ち込む。プレスをかけてコンビネーションを打ち込む。倒せる、と感じていた。

だが田口の戦意は全く衰えなかった。この勝負にかける王者は、尚弥対策をよく練ってきていた。固いブロッキングで尚弥の高速コンビネーションを防ぎ、打たれても打たれても、強いフィジカルを活かして前進する。

五ラウンド以降も、パンチをクリーンヒットさせるのは尚弥だ。だが、どれだけ当てても、田口はパンチを返してくる。世界ランキング三位までのぼり詰め、気力、体力ともに充実する王者は、左目上を出血しても動きを止めない。

倒さなければ、と力の入る挑戦者は、一発を狙い続けた。打ち合うと沸く歓声に煽られるように、いつしか足を止めていた。真正面から打ち合い、左フックを振る。尚弥の左フックに、王者は相打ち覚悟の左フックを振ってくる。

十ラウンドになっても、展開は変わらなかった。減量の影響で、尚弥の足はつりかけていた。踏ん張りが効かず、重心が浮いた状態でパンチを打っているため、当たっても倒せない。疲労し、疲弊する両者は、最後まで意地だけでパンチを交換し合う。

終了のゴングが鳴ると、二人は足を止めた。

抱き合って互いの健闘を称える二人に、会場から大きな拍手が沸いた。

九七対九四、九八対九三、九八対九二――。判定は三―〇で尚弥についた。

辰吉丈一郎以来二十三年ぶり、国内最短タイ記録での日本王座獲得だった。またこの試合をもって、尚弥はＯＰＢＦ東洋太平洋ライトフライ級の一位、またＷＢＡ世界ライトフライ級の五位にランキングされることになる。

嬉しかった。激戦の末に、日本チャンピオンになれたことは素直に嬉しかったが、反省点は多い。試合後の尚弥は自分のことを〝まだまだ未熟〟だとコメントした。

アマチュアスタイルのまま、手数で攻めれば圧倒はできる。だが倒しきるには全体を見て、ラウンドごとに、冷静に試合を組み立てなければならない。

まだまだ自分は経験不足だ。必死に攻めるだけでは、この先、絶対に行き詰まる。


「井上に負けた男」ではなく「あの井上と打ち合った男」——。

この試合においても、株を上げたのは敗者の田口良一のほうだ。それとは対照的に、もともと怪物だと騒がれていた尚弥に対しては〝決して怪物ではない〟とか、〝強いが経験が足らない〟などという評価がされる。

怪物、怪物と勝手に騒いでおいて、やがて怪物ではない、などと水をかける。現在の自分が怪物ではないことも、まだ経験が足りないこともわかりきったことで、尚弥はこれまでも素直にそう口にしてきた。自分を大きく見せることもないし、逆に謙遜することもない。自分の相対的な実力についても、思ったことをそのまま口にしてきた。

様々な外野の声などは、自分が引き受けなければならないことだ、とわかっている。ただ以前から感じていたストレスは増えていく。

だけど子どもの頃から、強くなる、という一つの道だけを信じてきた。他者の声はただ、尚弥のボクシングに付いてくるだけのものだと、尚弥は本能的にわかっている。

やらなければならないこと。修正しなければならないこと。

怪物ではないことを説明するよりは、本物の怪物になったほうがよかった。自分は言葉ではなく、ボクシングで証明していく。自分はボクサーなのだ。

前回、前々回と長丁場を経験し、反省点は多くあった。立ち返る場所はただ一つ。原点である自分のボクシングを、どんな試合でもしっかり出せるようにならないといけない。

打たれずに打つ。相手に何もさせないで勝つ——。

井上戦を経て評価された田口は、この後、着実にボクサーとして成功していくことになる。日本王座を失った彼だが、この後、世界挑戦に向けての歩みを始める。そして実際に数年かけて世界チャンピオンになり、さらにはWBAとIBFの統一チャンピオンにまでのぼり詰める。

一方、評判が上がったとは言えない尚弥だが、その後の成功は田口の比ではない。敗戦を糧にしたのではない。勝利した一戦を大きな糧にして、彼はまさに、怪物へと進化していく。

十一、世界挑戦

あれをもう一度やれ、と言われても、絶対に無理だ。同じ試合が自分に用意されれば、同じようにクリアする自信はある。だけど、あんなに上手くマッチメイクが進むのは奇跡だ。だから対戦してくれた相手や関係者には、深く感謝している——。

と、現在の井上尚弥は語る。確かにそうかもしれない。

一戦一戦、彼が確実に結果を出していったからこそなのだが、運も良かった。

ここから八戦目のナルバエス戦まで、もっと言うとデビューから八戦目まで、後から振り返れば、神懸かったマッチメイクだ。強者としか戦わないという、陣営のリスクを取る姿勢、また大橋のマッチメイクへの努力は大きいが、運も良かったのだ。

そもそも、日本王座や東洋太平洋王座を奪取し、なおかつ六戦目に世界奪取、という目標をフルで叶えるには、前戦の時点で後のないところまで来ていた。

だが、ぎりぎり四戦目で日本王座をクリアした尚弥は、同時に東洋太平洋ライトフライ級ランキングの一位になった。これによって次の東洋太平洋王座についても、滑り込みで奪取のチャンスを得た。

当時、東洋太平洋王座は小野心の王座返上により空位だった。このためランキング一位の尚弥と、二位のヘルソン・マンシオ（フィリピン）による王座決定戦が決まった。尚弥は日本王座を返上し、この一戦に臨むことになる。

二〇一三年十二月六日、両国国技館、ダイヤモンドグローブSP。

第一試合は弟の拓真のプロデビュー戦だった（拓真は判定で勝利した）。メインイベントは八重樫東の世界防衛戦で、その前が村田諒太の試合で、その前が尚弥の試合だ。

リングに上がった尚弥は、ヘルソン・マンシオと対峙する。しっかり重心を落とし、一発一発強いパンチでダメージを与えていくという練習を積んで、迎えた試合だった。

ゴングが鳴ると、両者はリング中央に歩み寄った。尚弥はガードを高く構え、左ジャブで距離を測る。相手との距離を一分程度で掴むと、いきなり左フックを叩き込んだ。

その後の展開は、まさに怪物ショーという感じだった。

コンパクトなコンビネーションを上下に打ち分り、反撃された瞬間にステップバックする、と、次の刹那、また攻撃にシフトする。距離を保ち、多彩なパンチを次々に打ち込む。

二ラウンドになると、尚弥のスピードに全くついてこられないマンシオを左ボディで後退させ、連打からの右ストレートでダウンを奪った。

その後、マンシオが右フックを強振して距離を詰めようとしても、冷静にかわして左ボディブローを叩き込んだ。マンシオがガードを固めて距離を詰めようとしても、アゴを跳ね上げるようなアッパーでその足を止めた。

迎えた第五ラウンド、突き上げるような右をカウンター気味にヒットさせると、タフネスを誇るマンシオがふらついた。場内に響いた尚弥コールに応えるように、鋭く距離を詰めてパンチを連打する。マンシオが何もできなくなったところで、レフェリーが試合を止める。

五ラウンド二分五十一秒ＴＫＯ——。

終わってみればマンシオは、尚弥の敵ではなかった（ように見えた）。

東洋太平洋二位の相手に、ほとんど何もさせない圧勝。観客も報道陣も、ついに怪物が本領を発揮したのだと沸き上がった。だが試合後の尚弥からは、反省の弁が口をつくばかりだった。

二ラウンドでダウンを奪った後、相手を頑張らせてしまった。あそこで仕留める必要はないが、もっと的確にプレスを強めていれば、早く相手の戦意を奪えた。効いてはいないが、左フックの大振りを一発もらったのは反省点だから直したい。まだ流れが完璧ではない。

「ちょっと世界が遠のいたかな」とまで、尚弥は言った。

観客には一方的に見えても、水面下では苦労していた。

実は試合後半、減量の影響で、足がつりかけていた。マンシオは恐ろしいまでのタフネスを誇っていたが、下半身の踏ん張りが利いていれば、もっと早く仕留めることができたはずだ。

尚弥にとって、もう世界戦は始まっていた。と言うより、チャンピオンになったその後のことまで想定して、尚弥は練習や試合に臨んでいる。

東洋太平洋王座についても、プロ入り五戦目での奪取は、国内最短記録タイだ。

翌日の新聞には、当然のように「怪物」や「次は世界」といった文字が躍った。

二〇一四年二月、尚弥はOPBF東洋太平洋王座を一度の防衛戦もすることなく返上した。

待望の世界タイトル挑戦が決まったからだが、この時点で話がまとまったのは、本当に良かった。

プロ入り六戦目で世界タイトルを奪って、最短記録を更新する、ということはもちろんある。それに加えてもう一つ、世界戦を急ぎたい理由があった。

あとどれくらい、ライトフライ級に留まることができるかわからない。高校生の頃から慣れ親しんだ階級だが、体が大きくなったこともあって、プロ入りした頃からすでに減量に苦労するようになっていた。

プロボクシングでは計量を前日に行う。計量を終えて試合までの一日で、尚弥の場合は、体重が四、五キロ戻る。無理な減量をすれば、体調までは戻らない。

尚弥の普段の体重はだいたい六〇キロで、ライトフライ級のリミットは四八・九九キロだ。およそ一一キロの減量は、だいたい試合の一か月くらい前から始める。

最初は十日くらいかけて、ストレスのないようにゆっくり三キロほど落としていく。そこから短期間に二キロ落とし、辿り着いた体重五五キロを一週間程度キープし、体を慣らしていく。そして最後の一週間で、一気に五キロ程度落とす。

そこまでいくと、汗が出なくなり、体も動かなくなる。首や腰ががちがちに張り、頬の肉がこけ落ちた別人のような人相になる。体が全く動かないので、練習を切り上げるしかないのだが、まだその時点で二キロ以上オーバーしていたりする。

計量までの丸二日間、あとは家で寝転がりながら、基礎代謝で落とすしかない。

水も食べ物も、もう何も口にすることはできない。一〇キロ落としてからのそこだから、リミットまで落ちきるかどうかは、不安のなかでの綱渡りになる。飲まず食わずで体中の水分が失われ、口のなかもカサカサでしゃべることもできないなか、ただじっとしているしかない。


四月六日、大田区総合体育館にて、ＷＢＣ世界ライトフライ級タイトルマッチは行われた。王者アドリアン・エルナンデス（メキシコ）は二十八歳、戦績は二十九勝（十八ＫＯ）二敗一分け。世界タイトルを二度獲得し、今回が五度目の防衛戦となる、紛う方なき、強力なチャンピオンだ。

挑戦者、井上〝モンスター〟尚弥がコールされると、会場から大歓声が沸いた。

普通であれば勝てる、と、井上陣営は自信を持っていた。相手がいかに強かろうが、普通にやれば勝てる。そう言いきれるほど、スパーリングでの尚弥に死角はない。怪物に課せられた悲願に向けて、気力も最高潮に高まっている。

だが大きな不安要素もあった。今回の試合に向けての減量は、はっきりと失敗だった。試合の三週間前にインフルエンザにかかってしまった尚弥は、万全にはほど遠い体調でここまで来てしまった。

リング中央でルールの確認を終え、両雄はそれぞれのコーナーに戻った。運命のダイスが今、投げられようとしている。

ＢＯＸ！

ゴングと共にキャンバスを蹴った尚弥は、エルナンデスに襲いかかった。左ジャブを何発か放ち距離を掴むと、その後はワンサイドだった。

相手の射程外に身を置きつつ、鋭い踏み込みで左ジャブを打ち込む。続く右ストレートを何度も的確に当て、さらに左フックをボディから顔面へ打ち込む。

鋭いスピードと手数で圧倒していた。接近戦での強打を得意とする王者は、何もさせてもらえない。

尚弥に世界戦はまだ早い、と、見る向きもあった。プロ入り六戦目での世界タイトル奪取には、何人かが挑み、失敗している。尚弥には経験がない。井上尚弥はまだ、世界に試されていない。

だが今、この状況で、誰がそんなことを言えるだろう。この先の尚弥の試合でも頻発する〝強いはずの相手が咬ませ犬に見える〟状態が続くなか、三ラウンド後半に、それは起こってしまった。

「……ヤバい。左足、つった」

「落ち着いて！　顔に出すなよ」

足がつるのは脱水症状によることが多い。尚弥はまだそれほど汗をかいていないから、この場合は明らかに過酷な減量の影響だ。真吾たちトレーナーはインターバルの間、必死に尚弥の太ももも裏をもみほぐす。

四ラウンド、尚弥の支配し続けた距離が、王者の前進によって何度か揺らいだ。それでも巧みな防御と鋭いパンチで、優位は渡さなかった。四ラウンド終了時の公開採点では、ジャッジ三者とも四〇―三六のフルマーク、つまり全ラウンドで尚弥のリードを付けている。

だけど五ラウンド、尚弥の足は、もうまともに動かなかった。決定的なダメージは受けなかったが、打ち合いのなかで何度か重いボディを喰らう。

「次で倒してこい！」

インターバルで真吾が言った。これ以上、足がもたない、という判断だった。次のラウンドで打ち合って、仕留めるしか勝つ方法はない。

唯一の選択肢に、尚弥も腹を決めた。

六ラウンド、足を止めた尚弥に、王者が襲いかかった。覚悟を決めた尚弥は、相手の得意フィールドでの殴り合いに真正面から応じる。

殴り合いになっても、負ける気などはさらさらなかった。パンチをぶん回す王者に、尚弥も応じ、KOを狙い続ける。ラウンドの後半、打ち疲れた王者の一瞬の隙を、天性の当て勘が捉えた。

肩越しに打ち下ろすような右ストレート！

テンプルにもろに喰らった王者が、キャンバスに叩きつけられたように倒れた。やがて何とか立ち上がるものの、表情はうつろだ。

それを確認したレフェリーが、尚弥のＴＫＯ勝ちを告げた。

四月六日の大田区総合体育館、リングの上で歓喜が爆発した。

尚弥は飛び跳ねながら、両腕を突き上げた。感極まってマットに大の字にうずくまり、立ちあがったところに、真吾と大橋が抱きつく。やがて他のトレーナーや拓真も加わり、その輪が大きくなっていく。

声をあげる観客たちも、同じ歓喜に酔いしれていた。

彼らが目撃したのは、正真正銘、新時代の幕開けだった。

怪物［後編］に続く

Intermission

井上尚弥はどうして強いのだろう?
才能、性格、努力、環境、周辺人物など、
様々な角度からそれを探ってみた。

距離感

試合のなかで一番大事なのは、距離感だと尚弥は言う。

どんな試合でも、開始一分から一分半で、尚弥は相手との距離を把握できる。自分のパンチが効果的に当たって、かつ相手のパンチを防御できる、ベストの距離が、一分くらいでわかるということだ。相手の身長やリーチ、攻撃力や防御力によっても、自分に優位な距離は変わってくる。

試合が始まって最初の一発、まずはこちらからジャブを当てる。次に相手にパンチを出させる。もう一度自分のジャブを当てる。この交換で距離感を掴んだら、その距離を相手に当てはめてプレッシャーをかける。その後は距離を詰めて、あえて相手に打たせてパンチ力を確認する。これが尚弥の一ラウンドの仕事だ。

誰にでもできることではない。距離感は自分の感覚で作るものだから、教えることもできない。試合やスパーリングで、様々な相手と戦いながら、培っていくしかない。

基準などはないが、普通の選手は二ラウンド、三ラウンドくらいから距離感を掴んだり、試合が終わるまで距離感が掴めないこともある。

キッズボクシング～アマチュア経験

野球やサッカーがそうであるように、早い時期に競技を始めれば、それだけ有利だ。九～十二歳が「ゴールデンエイジ」と言われるが、尚弥は六歳からボクシングを始めた。かつてはボクシングを始めるのは、早くても中学生や高校生からだった。尚弥たちはキッズボクシングが普及し始めた黎明期に、ちょうど間に合ったため、小六でスパーリング大会に出ることもできた。

ボクサーとしては恵まれている、と本人は言う。キッズボクシングは現在もっと普及しているから、自分以上に完成度の高い若いボクサーが、これから現れるのではないか、と冷静に予想してもいる。

キッズボクシングでは、父が子供に教えている、というケースが非常に多い。そして子供が少し強いと、親が独特な雰囲気を出すらしい。それがまったくないのが井上家で、これは極めて珍しく、貴重なことだという。実際、親子鷹の成功例は一～二％程度ではないか、と大橋会長は分析している。

そして尚弥はアマチュアの公式試合で八十一戦している。高校三年間だけの経験だが、大人に交じって試合をしていたし、国際試合の経験もある。

アマは一試合三ラウンドだが、その代わりに試合数が多い。

例えばインターハイなら一日一試合、六日間連続で試合がある。負けたら終わりのトーナメントだから、それぞれの試合で対策をし、真剣勝負に挑む。得意な相手、苦手な相手が入り交じるなか、意識しなくても、自然に自分の引き出しが増えていく。

ボクサータイプ、ボクサーファイタータイプ、ファイタータイプ。それぞれオーソドックスとサウスポーがあって、大まかに言えば六タイプ。その中で背が低い、高い、動きが速い、遅いなど、いろんな選手がいる。

アマチュアボクシングのなかでも、プロに通ずる〝打ち抜く〟ボクシングを貫いてきた。そのなかで様々なタイプに対応してきた経験は、間違いなく今に活きている。

得意パンチ

尚弥がプロデビューした頃、一撃必殺の左フック、という煽られ方をした。左フックはアマチュア時代から、尚弥のフィニッシュブローとなることが多かった。

例えば、ぐいぐい攻めながら急にバックステップして、相手が不用意に反撃してきたところに左フックを合わせる。来るとわかっているパンチは耐えることができるから、このような布石を打っておいての左フックでフィニッシュしてきた。

最近は左ボディでフィニッシュすることが増え、特にアメリカでは、尚弥はボディブローの強い選手だと思われている。下のパンチは上のパンチと比べて力が入りにくい選手が多いなか、尚弥は上と同等以上の力で下を打てる。

頭を打つより腹を打ったほうが拳へのダメージも少ないということもあって、主にプロになってから磨いてきた技だ。ボディブローそのものを磨く、ということもあるが、当てるための技術、というのが重要だ。

ボディを打つときにはガードが下がり、被弾するリスクが高い。だから相手のパンチを避けてから打ったり、コンビネーションでボディを打ったり、上にフェイントをかけてから打ったりする。捨てパンチを打って瞬時に踏み込み、自分が一番打ちやすく、かつ絶対に相手に打たれないポジションから打つ、というのもある。

数々の選手をＫＯし、尚弥の代名詞にもなることもあるこの左フックと左ボディだが、尚弥自身は得意と思ったことはないという。左ボディにいたっては距離の取り方に苦手意識さえあるという（苦手意識があるということは、恐ろしいことにこのパンチはまだ進化中ということだ）。

尚弥が一貫して得意だと思っているのは、左ジャブと右ストレート、またそれを組み合わせたワン・ツーだ。とことん磨き続けたこのパンチがあるからこそ、左フックや左ボディが活きる。野球で言えば、ストレートがあるから、変化球が活きる、ということだ。

左ジャブは通常、相手との距離を測り、リズムを作るためのリードパンチだ。だが尚弥の場合、まずこのリードパンチが強力で、普通の選手の右ストレート並の威力がある。相手にしてみれば、このパンチに意識を集中せざるを得ないところに、強力無比な右ストレートが飛んでくる。くっついてどうにかしようとすれば右アッパーで阻まれる。手詰まりになったところに、左フックや、左ボディが飛んでくる。

井上家の練習では、とにかく一つの技術を、膨大な反復でモノにしていく。

それが通用しなかった場合の技術を、次に身につける。またそれが通用しなかった場合の技術を、次に身につける。

その歩みが、フィニッシュブローにも表れている。

性格と思考法

一般的にボクシングは、ヤンチャな子が始めるというイメージがある。だけど実際には、単調な練習を続けることのできる、真面目な人間でないと強くなれないスポーツだ。

尚弥は素直で優しく、また謙虚で真面目で、責任感もある。もともとの性質に加え、ボクシングによって育まれた部分も大きい。負けず嫌いなのは、おそらく真吾の影響だろう。

尚弥は、物事を直感的に捉え、思いついたら即実行する。今日この練習をしたら、明日もう強くなる、というような考え方をする。ボクシングに対しては、好奇心や探究心が極めて強く、集中力も高い。長く集中が続くというより、瞬間の集中力が深いタイプだ。

また、たいへんポジティブであり、思い通りにならないことにストレスを感じても、一旦、切り替えたら、もう過去のことは頭にない。またリアリストであり、現実のなかでのベストを見極め、クリアすべき目標や課題に、集中しきることができる。考えても仕方のないことに、固執することはない。

競技生活全体を見通した超長期的な夢や目標が、何となくのイメージとしてある。複数階級制覇とか、ベルト奪取とか、一～二年くらいを見通した長期的な目標が具体的にあり、ここにモチベーションの芽が生まれる。そして試合に向けての中期的な目標や課題、日々の練習などへの短期的な課題に集中する。このスパー、このラウンド、など今目の前にある超短期的な課題への集中力はとにかく深い。

これらが連動して、未来のイメージは変わってくるが、一つのイメージにはこだわらない。大切なのは今、目の前のことに集中することだ。

熱くなりやすい尚弥だが、プレッシャーには強く、体の動きが変わってしまうような緊張をすることがない。試合よりもカラオケのほうが緊張するくらいだ。試合前日にはわくわくして眠れないという。絶対に勝たなければ、というような悲壮感がなく、飄々と、普段通りにリングに向かう。

試合が終わるとほっとする。家族で車に乗り込み、真吾や拓真のほっとした顔を見て、ああ、勝ててよかったなあ、と、ほっとする。ただそれだけだ。

子どもの頃から、トランプなどの勝負事には強かった。

フィジカル

速いパンチでも当てるだけのパンチでは、ダメージを与えたりKOしたりすることはできない。全身の体重を乗せて、打ち抜く、ということを、尚弥たちは、小さな頃から意識して練習してきた。

ただ打ち抜く、というのは簡単なことではなく、パンチを打っても体が流れない、強い体幹が必要だ。基礎の軸がなかったら打てないパンチを、尚弥はひとつひとつ、モノにしてきた。

尚弥の試合を観ていると、強振しても体が流れず、バランスが崩れないことに驚く。バックステップしながらでも、一撃必殺のパンチを打つ。下半身が強いのに加え、上半身とのバランスが良いのだろう。体幹が強いのは言うまでもない。

モンスターは進化している。小さな頃からの体づくりに加え、近年、取り組んでいる体幹トレーニングも実を結んできている。

考えて練習する～イメージトレーニング

尚弥の練習は、本当に基本的なことの繰り返しだ。ただし、もの凄く考えて練習している。

シャドウでもバッグ打ちでも、様々な相手の攻撃をイメージしながらやる。だから経験者が尚弥のシャドウやバッグ打ちを見ると、いないはずの相手がいるようだ、と言う。

神業、と言われる尚弥のディフェンスは、こういった基本を愚直に繰り返して身につけたものだ。打ったあと少しずらしたり、ステップバックしたり、回り込んだり、というのを意識し、愚直に繰り返す。これが一種の癖のようなものになると、もはや相手のパンチは尚弥には当たらない。

そしてイメージする。自分に足りないものを考え、自分がどうなりたいか、をいつも考えている。参考になる選手の映像をじっくり見て、動きを取り入れようとする。

優れた選手の優れた部分、それを自分流にイメージして、「今日はこの選手の踏み込みでやってみよう」などという感じに試していく。

須佐、ロマチェンコ、パッキャオ、ロマゴン、ドネア、リゴンドーなど、いろんなボクサーの良いところを、自分流に解釈してスタイルに取り込み、尚弥は進化し続けている。

対戦相手のビデオは、あまり攻防に囚われることなく、全体的にさらっと観る。相手が自分と戦ったときに、同じ戦い方をしてくるか、と言えば、おそらくしてこない。だから相手の癖とか、ちょっとした距離感のようなものを、把握しようとする。

そしてその全体像を、自分との対戦に当てはめてみる。相手のスピードや耐久性やパワーを〝過大評価〟して、イメージする。そして自分はこう攻撃しよう、と考える。

そしてその攻撃が通用しなかったときは、こっちのパターンでいこう、と、別のパターンもイメージする。たら、れば、を何種類かイメージしておくことで、実際のリング上で慌てないようにしておくのだ。

試合の前日の夜には、次の日の試合の会場入りから、控え室での過ごし方、リングへの向かい方、一ラウンドへの入り方、くらいまでを順にイメージする。

そうすることで、リラックスして試合に向かうことができるという。

スパーリング

基礎の練習を繰り返し、それを試す場がスパーリングだ。ただ試すだけではない。

尚弥は、スパーリングでも試合のつもりで倒しにいき、一発ももらわないつもりでやる。

そうすることでしか強くならない、と尚弥は思っている。

初めての相手とスパーをするときは試合並に集中しているため、一発のパンチももらわない。慣れている相手だと距離感がおろそかになり、もらうこともある（普通の感覚でいうと逆だ）。

スパーリングの尚弥は強い、というのは関係者の間でも有名で、自分より大きい階級の選手をばったばったと倒している。

大橋会長がかつてスパーリングで最も衝撃を受けたのは、カシアス内藤のそれだった。優しすぎるというか、根性がないというか、試合では自分から倒れてしまうようなカシアス内藤だが、スパーリングは凄くてメイウェザーのような感じだった。

大橋会長のなかで、それに並んだのが尚弥のスパーリングだ。攻撃力、カウンター、そしてカシアス内藤にはないハートの強さがある。

強い相手とばかりスパーリングができるわけではない。相手によって、今日は左手だけで相手をコントロールして倒す、カウンターを入れる、短いラウンドで倒す、などといった課題を持って挑む。

スパーリングを終えると、ビデオを見返して、修正点をその場で修正するようにしている。

スパーリングパートナー

二〇一六年七月、尚弥は福井県のイベントで、公開スパーリング&トークショーをすることになった。買い物をしていた人が立ち寄るような普通の無料イベントだ。

スパーリング相手は、地元の高校生とか四回戦ボクサーとかだと思っていたら、直前に全然違うことがわかった。主催者が、強い選手を呼ばないと、チャンピオンの尚弥に失礼だと思ったらしい。

ジェネシス・セルバニア(フィリピン)。二十八戦二十八勝で、尚弥より二階級上のスーパーバンタム級世界三位の選手だ。

それを聞いた大橋は断ろうとしたが、尚弥は逃げたと思われるのが嫌で、やる、と言う。大橋は慌てて、行くつもりのなかった福井に向かうことにした。

ハピテラス・ドリームフェスティバル。

それは本当に牧歌的なイベントで、女性アナウンサーの進行で、様々な出し物が順に披露されていった。毎週金曜日に地元の施設で練習しているという、チアリーディング部がチアダンスをする。彼女たちの目標はみなさんに笑顔と元気を届けることだ。ばらばら湧いた拍手のなか、ポンポンを振りながら彼女たちが退場すると、次はいきなり尚弥たちの出番だった。もともと軽い顔見せ程度のつもりで引き受けたのだが、急に世界戦のような雰囲気になってきた。

特別スパーリング二分三ラウンド！

ゴングが鳴ると凄まじい技術戦になった。どうしてこんなことになってしまったのかわからないが、そのハピテラスという施設のリングで、世界戦レベルの攻防が行われている。両陣営とも集中していた。十四オンスの練習用グローブながら、尚弥も真剣に倒しにいく。どす、どす、と尚弥がボディを決めるたびに大きな音が鳴り、ハピテラスに集まった観客たちは度肝を抜かれた顔をしている。相手はガードが固くて防御がうまく、打たれても涼しい顔をしている。

ジェネシス・セルバニアは強かった。一瞬も気の抜けない三ラウンドが終わると、両者は抱き合った。

セルバニアはこの後、尚弥の一番のスパーリングパートナーになった。またやりたい、と尚弥が希望し、大橋ジムが横浜に呼んでくれるようになったのだ。

スパーリングパートナーを一分で倒してしまうことのある尚弥にとって、強固な防御力を誇る彼は、たいへんありがたい最高のパートナーだ。だが、井上とのスパーで互角に渡り合える数少ない選手、との評判が業界内に広まってしまったセルバニアは、日本人選手との対戦機会に恵まれなくなってしまった。

そんなセルバニアだが、二〇一七年にはフェザー級で世界挑戦にまで漕ぎつけた。結果は互いにダウンを奪い合う激戦の末、判定負け。またの機会を、現在はうかがっている。

金沢のジムに所属する彼は、大橋ジムに呼ばれると、一人で夜行バスに乗って横浜にやって来る。待ち合わせは、そごうのところと決まっている。

横浜そごうの前にフィリピン人が立っていたら、それはジェネシス・セルバニアだ。

見えているもの

相手のパンチが当たらないし、自分のパンチは当たる。

他のボクサーに比べて目が良いのではないだろうか、と、予想されるが、尚弥は通常視力も動体視力も、どちらも良いが、強さほど飛び抜けてはいない。

ただ練習でも口うるさく言われ徹底している、〝集中する〟ということ。集中している間は〝よく見る〟こともできている。試合でもスパーでも集中して、よく見ているうちは、相手のパンチが当たらないし、自分のパンチを当てることができる。

試合動画のダイジェストを見ると、スウェイバックする尚弥が、しっかりと目で相手のパンチを見ていることがわかる。ＫＯシーンを見てみると、尚弥はパンチを当てて相手が倒れるところまで、しっかりと目で追っている。

ここまで見ているんだ、と、ビデオを観た尚弥本人も思うらしい。

そしてまったく意識はしていないが、全体を見ている、という感覚もあるという。対戦相手だけではなく、会場全体が見えていると感じる。セコンドのアドバイスも常に耳を澄ませているため、それは視覚だけではなく聴覚なども含んで、全体をイメージとして把握しているのかもしれない。

鳥の目で大局的に自分と相手を見ているとか、そういったことも、尚弥本人としてはわからない、意識していないという。だが打っている最中に、自分が大振りっぽいな、ということを、客観的なビジョンとして感じることがある、という。

推論にしか過ぎないが、見えているものが通常の選手とは違う。

天性の脳の働き、深い集中力、ボクシングという競技への深い同化、によって、それが起きているのではないだろうか。

当て勘、防御勘

いくら強いパンチが打てても、相手に当たらなければ意味がない。

空振りしても空振りしても相手に向かっていき、当たればKO、というタイプのチャンピオンもいるが、尚弥は、確実にパンチを当てて試合を組み立てることのできる、いわゆる〝当て勘〟の良い選手だ。

この、パンチを当てる感覚、というものはある程度、生まれつきのものらしい。

初めてグローブをはめた人に対して、ミットを構えて不規則に動かし、当ててごらん、と促す。当て勘の良い人間は、ばしーん、と最初から芯を捉えることができる。当たらない人は全然、当たらない。

この当て勘が良い人は、防御勘も良いらしい。動体視力がまず良くて、動きの先を予想することができ、なおかつ自分の動きを微調整することができる。相手のパンチの軸をずらす、というようなことが自然にできる人間だ。

パンチの打ち方を教えることはできる。防御のやり方を教えることもできる。だがその先、防御する相手にパンチを当てる方法、となると、教えるのは難しくなろう。その実際に当たるパンチを防御する方法、となると、また難しくなる。

考えて考えて練習する。癖になるまで反復する。だがその先は感覚——。

殴り合いのなかで、考えてできることは限られている。その場その場で打てる角度、タイミングを察知し、今、打てるから、そのタイミングで打つ。防御したほうがいい、と感じたから防御する。

パンチの練習をいくらしても、気持ちが弱ければ、そのとき打つ判断ができない。予測不能の動きをする相手に対応するには、普段から考えるスパーリングをして、いろんなタイプに対応して身につけていくしかない。

尚弥の話を聞いて、実戦のなかでの当て勘、防御勘、というのものは、「判断力」と「対応力」が大きな要素を占めているのかな、と思った。

相反するもの

最後に、まとめのような感じになるが〝相反すると思われているものが高いレベルで同居している〟のが、一言で言えば、尚弥の強さなのではないだろうか？

スピードとパワー
防御と攻撃。
右と左。
上半身と下半身。
基礎と勘。
敏感さと鈍感さ。
集中とリラックス。
努力と素質。
離れても強いが、接近しても強い。
試合中に熱くなる自分と、全体を俯瞰して見ている自分がいる。
先制させたら手をつけられないが、逆転のカウンター技を持っている。
極めて謙虚で誰の意見でも素直に聞くが、芯の部分では自信家だ。

試合相手に対して自信を持っているが、相手をＭＡＸで過大評価して対策する。完成したボクシングを魅せながら、未完成なところがある。

何でもバランスだ、と簡単に言うことはできるが、高いレベルでバランスを取るのはまさに精進のたまものだろう。

強さと優しさ。考えてみれば、そういうものも、尚弥のなかに同居している。

周辺人物その一、井上拓真

尚弥と拓真の二人のスパーやマスは、もう一万ラウンドを超えたかもしれない。尚弥が強くなれたのは、間違いなく、拓真と一緒に練習してきたからだ（逆もしかり）。

右フックを打ってもらって、そこに左フックを被せる。例えばそんな技術を身につけるために条件付きのマスボクシングをするのだが、井上家ではその技術が身につくまで、徹底して徹底して徹底して反復する。

他人にだったら頼めないような、膨大な回数のマスを繰り返しながら、お互いに強くなってきた。現在も二人は、頻繁にマスボクシングをしている。今も昔も、兄弟は信じられないほど仲が良い。

兄と同じ道を歩んだ拓真は、アマチュアでは五十七戦五十二勝（十四ＲＳＣ）五敗、プロでは十戦十勝（二ＫＯ）無敗。戦績から言っても、もちろん並のボクサーではない。

奪った東洋太平洋スーパーフライ級のベルトを二度防衛し、世界挑戦のために返上。二〇一六年に世界挑戦が決まったが、拳の怪我のため断念し、一年間、休養した。

現在はバンタム級で復帰し、世界挑戦を狙っている。二〇一八年か一九年、近いうちにそのチャンスは来るのではないだろうか。尚弥がバンタム級に上がってきたため、兄弟の同階級同時戴冠、ということもあるかもしれない。

とても優しくて周りに気遣いのできる拓真は、誰からも好かれる男だ。

体格が似ているため階級もほとんど変わらず、高校時代から抜きんでた結果を残す兄と、ずっと比べられてきた。結果では敵わないが、拓真の素質（特にパワー）は、兄以上とも言われる。

拓真から見た兄は〝しっかりしているようで結構抜けているところがある〟とのこと。また、恥ずかしさを知らないいんじゃないか、とたまに思うことがあるらしい。人混みの中にいても、平気で大声を出したりして、逆に言えば、すごいなあ、と思う。

ボクシングに対する姿勢では、練習メニューは全く同じでも、取り組み方が兄のほうが〝考えて〟やっているな、と感じる。尚弥のやり方を見て、拓真はその真似をすることが多い。また自分の動きや他の選手の動きを、兄は真剣に研究している。拓真は、ビデオを観ておきなさい、と言われて観るが、尚弥は好きで観ている。

さんざんスパーリングをしてきたから、尚弥のボクシングを一番わかっているのは拓真だ。もし仮に、拓真が尚弥と試合しなければならなくなったとしたら、ともかく尚弥のボクシングに付き合わない、というのを徹底するという。

インファイトしても勝てないので、アウトボクシングに徹して、ポイントを取る。パンチ力は拓真のほうがあっても、当たるか当たらないかになると、尚弥のパンチのほうが当たる。だから、しっかり勝つには、徹底して足を使って自分のボクシングをするしかない。

周辺人物その二、井上浩樹

突然変異のオタクボクサー。

尚弥、拓真の従兄弟にあたり、家も近くにある。三人のなかで一番年上で、体格も一番大きいが、一番イジられる。二人とは階級も違うし、進んできた道も少し違う。

大学に進学してオリンピックを目指したため、アマチュアでのキャリアは兄弟より長い(五冠を達成している)。尚弥より一年先に国体を制したのだが、初めて国体に出た尚弥が、こんな雰囲気のなかで優勝したのか、と、そのときは浩樹を尊敬した(尚弥が言うには三人のなかで浩樹が一番センスがいいが、一番メンタルが弱い、とのこと)。

兄弟より遅れてプロになり、現在は日本ランキング二位。今後、日本タイトルや東洋太平洋のタイトルを狙い、やがて世界タイトルを狙っていく。

スーパーライト級で十戦十勝(九KO)という驚異的な戦績で、プロの舞台では圧勝し続けている。だが彼はアニメオタク活動がメインで、ボクシングが副業、と言いきっている。

ラブライブ! けものフレンズ、バンドリなどの楽曲を入場曲に使い、減量の時期、声優のイベントがあったりすると、行くかどうかとても迷い、結局、行ったりする。愛する声優がステージに登場すると号泣するので、減量の役にも立つらしい(!?)。試合の時期がコミケなどの大型イベントと重なりがちなことに、少し悩んでいる。練習中にアニソンをかけ、尚弥・拓真に嫌がられている。

拓真と同じく、とても心優しいが、部屋は異常に汚い。

そんな浩樹から見て、尚弥は体の使い方がうまいな、と感じる。例えばパンチを打つときに、どこの力を使ってどこを緩めるか、など、教えるのが難しいようなことを自分のモノにしていくのが、早く、また上手い。

周辺人物その三、井上真吾

真吾の指導は厳しい。

スパーリングをじっと見つめ、集中していないと感じたら、最初は注意する。次に黙る。最後には怒鳴り、ジムのなかがしーん、となる。細かいところまでよく見ており、口うるさいほどに指摘する。

バッグ打ちやシャドウでも、見えない相手を意識させ、集中を要求する。指導を受ける側にすれば疲れるが、それは気を抜かずに練習できているということだ。大橋会長は、もしアマチュア時代の自分に真吾のような父、自分自身や赤の他人の手では到達できない限界の向こう側に導いてくれるトレーナーがいたら、もっと強くなれた、と言っている。

尚弥は意表をつくような攻撃をしない。左ジャブ、ワン・ツー、その後の左フックやボディなど、基本的な攻撃に圧倒的な完成度がある。そんな真っ向勝負の強さは、真吾が愚直に磨かせてきたものだ。今でも練習終わりには必ず、尚弥とジャブ、ワン・ツーのミット打ちを、みっちりとやっている。これはプロボクサーでは極めて稀なことだ。

かつて真吾は、尚弥や拓真のスパーリングパートナーだった。真吾はなかなか強く、浩樹のアバラを叩き折ったこともある。尚弥が中学生の頃までは、胸を貸して、練習相手になっていた。

尚弥が高校生になると、胸を貸すというより、互角でやり合うようになった。高校二年、三年、と時が進むと、やがて尚弥に敵わなくなっていく。それでも尚弥の弱点をついて、なんとか喰い下がろうとした。負けず嫌いだ。

周辺人物その四、大橋秀行（大橋ジム会長）

日本ボクシングに、暗黒期と言われた時代がある。

一九八八年十一月から一年三か月続いた、日本国内に世界王者が不在の時期、日本人による世界戦は二十一連敗で、もう日本にはボクシング世界王者は生まれないのか、と思われるほどだった。

大橋は〝日本ボクシング界最後の切り札〟として世界挑戦し、この暗黒期に終止符を打った。WBC、WBAの両団体でミニマム級を制した世界的な王者になった。

だが自分が評価されたのは、むしろ負けた試合だったと大橋は思っている。

当時最強の一人と目された韓国の英雄、チャン・ジョングとの二度に及ぶ死闘、プロアマ通じて二十六年のキャリアを無敗のまま送った伝説の王者、リカルド・ロペスとの激戦。試合には負けたが男は上がった。なにより強い相手との闘いは、しんどかったが生きている実感があった。

二十八歳で引退し、大橋ジムを開いた。いわゆるボクサー上がりの会長、という感じでは全然ない。頭脳は明晰で、弁舌爽やかで、天性のリーダーシップがある。何よりまだ若かった。

後に日本プロボクシング協会会長の職も務め、業界の改革を推し進めた。キッズ全国大会の創設、女子ボクシングの公認、エアボクシングの発足、などによりボクシングの裾野を増やそうとした。今も昔も、日本のボクシング人気の低下に、危機感を持っている。

尚弥と拓真が大橋ジムに入ってきたとき、わいわい楽しくやっていたミツバチの群れにスズメバチが入ってきたような感じだった。ジム内にはスズメバチに喰らい付いていこうとした者もいたが、つぶれてしまった者もいた。どちらにしてもジムは活況を呈し、選手たちは強くなっていった。

十三歳からボクシングに自分を同化して生きてきた大橋が、四十年間見たり拳を交えたりしたボクサーの中でも、尚弥は突出した存在だ。尚弥のボクシングは、大橋にとっての最強のボクサー、リカルド・ロペスに似ている。そして尚弥が上回っている。

ただ唯一、心配していたのは「心」の部分だけだった。そればかりは実際、プロで試合をしてみないとわからない。

だがデビュー戦、尚弥は控え室でも落ち着いていた。入場曲の盛り上がるタイミングを自分で計り、堂々とリングに向かっていった。そのとき、これで大丈夫だ、と思った。

実際、大橋が闘ったり見たりしてきたなかで、最もメンタルがタフだと思うのは尚弥だ。試合直前、いくら強がっていても、内心ではビビっている選手が多い。自分との内面的な闘いを克服してここにいる、という悲壮感。尚弥にはそういうものがまったくない。

二〇一八年、大橋はある企画で、尚弥と初めてマススパーをした。怪物の最大の武器は、悲壮感など無縁のメンタルと、パンチの緩急だと分析していた。だけど実際に対峙してみると、また印象が変わった。

ボクサー・大橋の目線で見た尚弥の恐ろしさは、サイドステップだ。もし現役時の自分が渾身のパンチを放ったとしたら、尚弥はもうそこにはおらず、視界の外から意識を絶つのに十分なパンチを打ち込んでくるだろう。

大橋にとって尚弥は、なりたかった自分だ。

高校二年生でインターハイを制した大橋だが、本当は尚弥のように一年生のときに優勝したかった。全日本の制覇も、プロでの最速戴冠も、大橋は挑戦して敗れている。二階級制覇もアメリカでの試合も、大橋がやりたかったことを、尚弥が全部やってくれた。

今の大橋の夢は、尚弥をその能力に見合うステージに立たせることだ。

尚弥が同世代の大谷翔平にも羽生結弦にも勝るとも劣らないことを証明するには、最高の舞台で最高の相手と闘うほかはない。自分はその舞台を用意しなければならない。

尚弥に五階級制覇を目指させるか、それともバンタム級で具志堅用高の持つ十三回の防衛記録を更新させるか――。
大橋は想像を巡らせながら、世界のブッカーたちと渡り合うために英会話学校に通うことを考えている。

怪物［後編］

〝物足りない〟と、彼は言った。

十二、スーパーフライ級へ

尚弥は念願の世界チャンピオンになった。

プロ入り六戦目、日本史上最速での世界戴冠だ。

だけど栄光を手にすると同時に、ライトフライ級での戦いの限界が見えてしまった。この階級では体が動かず、試合でも実際、足がつって動けなかった。

試合から一夜明けての会見では、減量苦の悪影響を考慮して、防衛戦をしないまま王座を返上することも考える意向を示した。だが後日、「防衛戦を行うことは王者としての責任」と、階級を上げるのは初防衛に成功してからにするとした。

本当は今すぐにでも階級を上げたかった。だが防衛戦をやると決めれば、そこに向かって邁進するだけだ。尚弥はいつだってシンプルで力強い思考で、目の前の挑戦に集中してきた。

今回からはSAVAS（ザバス＝プロテインやサプリメントの国内ブランド。様々な競技のアスリートをサポートする）がついて、減量中の栄養管理をしてくれることになった。そのおかげもあって、減量の作業自体は上手く進んだ。

二〇一四年九月五日、国立代々木第二体育館、メインイベントでは八重樫東がローマン・ゴンサレスを相手に世界防衛戦を行う（結果はローマン・ゴンサレスのＫＯ勝ち。これでゴンサレスは三階級を制覇した）。尚弥の初防衛戦は、その前にあった。

尚弥の相手は元ＰＡＢＡミニマム級王者で、ＷＢＣ世界ライトフライ級十三位のサマートレック・ゴーキャットジム（タイ）。正念場に挑む八重樫の試合の前に、尚弥がすっきり防衛を果たす、と誰もが考えていただろう。

序盤から相手にダメージを蓄積させ、中盤のラウンドでＫＯする、というのが尚弥のプランだった。試合はその通りの展開になり、四ラウンドと六ラウンドにはダウンも奪った。だがＴＫＯでの決着がついたのは、十一ラウンドになってからだった。

内容は完勝で、判定もフルマークで尚弥についていた。だが二度倒した上でのＴＫＯ勝ちでも、観客が満足していないことを、尚弥は試合中に感じていた。何より尚弥が満足していない。試合後の会見でも、反省の弁しか出なかった。

相手はムエタイでも二百戦以上していて、異常にタフだった。だがそれでも、中盤に決めきれなかったのがもどかしかった。

会見で言い訳はしなかったが、減量自体は上手くいっても、体重の落としすぎで力が出ていない。全身の力をパンチに乗せることが、やはりこの階級ではできない。

この後、陣営は、ライトフライ級王座を返上し、階級を上げて二階級制覇に挑むことを、正式に表明した。


目指すはフライ級かスーパーフライ級での、世界挑戦。

十二月三十日に大橋ジムとフジテレビの主催興行が内定していた。ここでの世界王座挑戦を目指し、大橋は交渉を進めた。一階級上のフライ級でも減量が苦しくなるのは見えていたため、一気に二階級上のスーパーフライ級への転向も視野に入れつつの交渉だ。

まずＷＢＡ世界スーパーフライ級王者の河野公平への挑戦を申し入れたが、こちらは十二月三十一日に防衛戦を行うことが内定していたため断られた。

その後、ＷＢＡ世界フライ級王者ファン・カルロス・レベコ（アルゼンチン）との対戦を交渉し、一旦は契約まで漕ぎつけた（もしもこの試合が実現していたら、尚弥は現在すでに、ライトフライ級、フライ級、スーパーフライ級の三階級を制覇していたかもしれない）。

ただし、レベコは十月末に試合が決まっていて、その試合を防衛する、というのが条件だった。さらに今、腕を怪我しているから、確実に試合ができるとは言えないらしい。

何だか雲行きが怪しくなってきたのだが、同じジムに所属するＷＢＯ世界スーパーフライ級王者のオマール・ナルバエスならいつでも大丈夫だ、とレベコのマネージャーは言う。軽く言っているが、ナルバエスはレベコより遥かに格上の、アルゼンチンの英雄的な選手だ。

大橋が尚弥に打診すると、是非、という答が返ってきた。ならば、とレベコとの契約を解除し、ナルバエスと契約を結ぶことになった。

各陣営の思惑が入り乱れるマッチメイクは、偶然やタイミングに左右される。この試合で尚弥は世界的に名前を轟かせることになるわけだから、このマッチメイクが成立したのは本当に運が良かった（結果が出た後になってから、言えることだが）。

ナルバエス陣営は、この時点では尚弥のことをイージーな相手だと思っていたのかもしれない。ライトフライから一つ飛び越えてのスーパーフライ級、まして七戦しか経験していない二十一歳の若造、というイメージだったのなら、さもありなんだ。

オマール・ナルバエスは、ＷＢＯフライ級世界王座を十六回連続防衛し、その後、ＷＢ

０世界スーパーフライ級王座を十一回連続防衛中だ。現在でも破られていない日本人の世界王座連続防衛記録が、具志堅用高の十三回であることを考えると、これがとてつもない記録だということがわかる。

ナルバエスはフライ級、スーパーフライ級では無敗で、十四年のプロキャリアのなかで唯一の敗戦は一階級上のバンタム級でノニト・ドネアに喫した判定負けのみ。プロ・アマ通じて百五十九戦のキャリアで、一度たりともダウンをしたことはない。

まさに生ける伝説、という感じだ。最高のディフェンス技術を持ち、打たれても非常にタフな、不倒のチャンピオンである。

「観客からのブーイング覚悟で、ＫＯは捨てて、判定でもいいから勝ちにいかないと勝負にならない相手です」

戦前、尚弥はそうコメントしていた。

ナルバエスの老獪さや、ガードの固さを警戒しての発言だ。その発言は聞き手にも自然に受け入れられたし、尚弥も本気でそう思っていた。

ボクシングの世界で階級を上げるのは大きなことだ。

ある階級で強打を誇っても、階級を上げる、それも二階級上げるとなれば、相手の肉体の強度も上がって今までのパンチが通用しなくなる、と普通は考える。強固なディフェンスを誇る絶対王者に対しては、スピードで攪乱しての判定狙い、というのは当然の戦略だ。だけど尚弥のこの発言の背景には、真吾の「尚弥に対する」本気の作戦があった。

「今回は勝つことが大切だからな。焦らず、スピードで翻弄して、大差の判定で勝つんだぞ。観客のことは一切、気にしなくていいからな」

真吾は何度も何度も、尚弥に言い聞かせた。そう言いながら実際には、KOを狙う練習を繰り返した。

「内側だぞ、内側。強く打たなくていいから」

サウスポーのガードの隙間を狙う右ストレート。強く打とうとすると、ストレートは外側からの軌道になる。力まず真ん中を打ち抜く練習を、二人は執拗に繰り返す。

真吾の「尚弥に対する」本気の作戦、とはこういうことだ。

勝ち気な性格の尚弥は、大試合となれば力んでしまうだろう。KOしようと大振りのパンチを出していたら、百戦錬磨の王者の術中にはまってしまうかもしれない。最初から判

定狙いのつもりくらいでいい。なぜならば――、

ミットで尚弥のパンチを受け続ける真吾が、一番よく理解していた。ミットをはめる前に入念にテーピングをし、さらに軍手をしないと手が耐えられない、このパンチ――。

これでKOできない敵などいなかった。階級を上げたことにより、パンチに全身の力を込めることができるようになった。尚弥は階級を上げたことで、その階級内での相対的なパンチ力が、むしろ上がっているのだ。

ナルバエス対策として、フィリピンから二人のサウスポーのスパーリングパートナーを招き、合計百六十ラウンドのスパーリングをこなした。尚弥は本気で大差の判定で勝つつもりだが、真吾は冷静にKO勝ちを狙っている。

新しい階級、伝説的な王者、二階級制覇の最速記録。挑戦者としての尚弥のモチベーションは、爆発的に高まっていた。

そして過酷な減量から解放された尚弥は、いつもより楽しそうだった。

今までなら計量前、絶食で何も口にすることができなかった。だが今回は、納豆ご飯を茶碗にたった一杯だが食べることができた。部屋にこもることもなく、ストレスからも解放された。

計量をパスし、いつものスープを飲んで体調や体重を戻し、翌日の朝を迎える。

「いつもと同じでいいからな。三時には会場に入るぞ」

「うん、わかった」

朝食を食べて昼寝をし、尚弥はやがて会場へと向かう。

十三、オマール・ナルバエス戦

「ガードの上からでもいいから、まずは一発、強いパンチを当てるぞ」

試合前、真吾は何度も繰り返し、尚弥は何度も頷いた。老獪なチャンピオンのペースで試合をしたら勝てない。まずは一発、強打を当てて主導権を取る。

真吾は分析していた。ナルバエスは相手の攻撃力の高さを察知すると、途端に守備的になる。だから一ラウンド、距離を把握した後は、ガードの上からでもいいので、まずは一発ぶち当てる。ナルバエスに試合の主導権を握らせてはいけない。

そしてガードが固くて高い王者から、序盤はボディを中心に、ポイントを取れるだけ取ってリードする。試合の中盤以降、焦った王者が出てきたら、下から上へのコンビネーションでリードを奪い続ける（真吾はその流れで、ＫＯできると思っている）。

とにかくまずは、一発、強打をぶちかますことだ。だけどこの一発が、その後のプランを粉々に破壊してしまうことを、このときは誰もまだ想像していない。

二〇一四年十二月三十日、東京体育館で伝説の試合のゴングが鳴った。

リング中央に歩み寄った両者は、挨拶代わりにちょん、とグラブを合わせた。

さあ、どう井上がかき回すか、と、会場内に緊張が走るなか、尚弥は慎重に距離を測った。フェイントも交えながら三発、それぞれ違う角度からジャブを放つ。右ストレートを挟み、また軽く三発、王者のガードが上がった瞬間に、鈍い音とともに右ボディが入る。

それが本当の試合開始のようだった。距離を掴んだ尚弥は、ギアを上げて、パンチを振るう。左フック、右ストレート、左フック、反撃してくる王者を止める左ジャブ、そして、

挨拶代わりに一発、強打をぶちかます！

振りかぶっての右ストレートは、練習してきた通り、きれいにナルバエスのガードの内側に軌道を描いた。がくん、となったナルバエスのガードの上から、尚弥は追撃の右スト

レートを放った。

この二発の右ストレートは、巨大な歴史を揺るがし、また打ち砕いた。

衝撃の走る場内に、言葉にならない歓声が沸いていた。

ダウンしている。百五十九戦して一度もダウンしたことのない王者が、マットに転がっている。

開始三十秒、減量苦から解き放たれた尚弥による、渾身の右ストレートだった。

それは多くの人間の予想や、ボクシング界の常識、そしてナルバエスのキャリアやプライドを破壊した偉大な一発だった。だけど、もう一つ破壊してしまったものがある。諸刃の剣で、尚弥の右拳も壊れてしまったのだ。

大声援に沸く会場の中心で、尚弥は倒したチャンピオンの動きを見やった。

右拳は猛烈に痛み、肩まで痺れている。これからガードの姿勢が取れるのかどうかもわからない。

判定でいい、と、自分に言い聞かせた。焦らずポイントを稼げばいい。右のパンチはもう打てない。距離を取って戦うしかない！

立ち上がってきた王者と再び対峙したとき、自然とガードの体勢を取っていた。距離を取り、ときに距離を詰める。左ジャブからワン・ツーで王者を追い込む。アドレナリンが出ているからか、右拳の痛みは感じていなかった。

大声援のなか、尚弥は攻勢に出る。右を含めたいくつかのパンチが当たり、二度目のダウンを奪ったときには、両手を突き上げていた。

判定でいい、と抑えているのに、体が勝手にたぎった。また立ち上がってきたチャンピオンにプレッシャーをかける。チャンスとみるや距離を詰め、パンチを連打する。タフなチャンピオンは、まだパンチを返してくる。渦巻く熱気のなかで、ラウンド終了のゴングが鳴った。

「落ち着け。落ち着いて腹を狙え！　落ち着くんだぞ！」

真吾の指示に何度も頷いた。ナルバエス対策に、練習してきた左ボディ。一ラウンドの後半でも、少し入っていたパンチだ。

再びゴングが鳴り、二ラウンドが始まった。

動きを戻した王者に、じりじりとプレッシャーをかけた。感触を確かめながら、右パンチも織り交ぜる。ＫＯは狙わず、距離を守った。ひりついた差し合いのなか、尚弥の集中力は研ぎ澄まされ、極限まで高まっていく。

一分四十秒が経ったその刹那だった。柔らかなモーションで半歩前に出たナルバエスが、いきなりばたん、と膝をついて前のめりに倒れた。ボクシングマニアでない者が観ていたなら、いきなりナルバエスが倒れたようにしか見えない光景だ。

相手の右フックを紙一重で避け、左フックをかぶせる電光石火のカウンターだった。狙って放ったのではない無想の一撃だった。膨大な反復によって尚弥が身につけたそれが、居合い切りのような鮮やかさで、この大一番に炸裂したのだ。

三度目のダウンを喫したナルバエスは、今ここで起きていることが信じられない、というような表情をしている。試合が再開されると、尚弥はまたゆっくりと距離を詰めていく。ボディ。作戦通りボディを入れなければ、と考えていた。プレッシャーをかけながらロープ際に追い込み、左ジャブ、ワン・ツー、左フックで、意識を上に集中させる。ジャブ、ジャブ、と二回打ってからの右ボディストレートが炸裂した。距離を消そうと前に出る王者を下がらせ、ジャブ、ジャブ、右ストレートからの左ボディ。その瞬間、もう一回同じ攻撃をしたら、同じように刺さると感じた。今の左ボディは相手に正対して打ったから、体重はあまり乗っていなかった。

もう一度、今度は左肩を前にしたボクシングの基本スタイルから、助走をつけるようにジャブ、ジャブ、右ストレートからの、左ボディ！

ロープまで後退したナルバエスが、ばたり、と膝をついた。

二ラウンド終了間近だったが、彼はもう立つことができなかった。レフェリーがテンカウントを数え、やがて両腕を振る。

二回三分一秒ＫＯ――。

新チャンピオンはリング上で喜びを爆発させた。

左拳をあげてリングを走り、真吾に抱きつく姿は、本当に無邪気な少年のようだった。六歳でボクシングを始めた少年は、十五年かけて、こんなところまで辿り着いたのだ。

表彰式が進むなか、キャリア初のＫＯ負けをしたナルバエスの陣営から、大橋にクレームが入った。偉大なチャンピオンがこんなに簡単にダウンするのは信じられない。グローブか拳に何か仕込んでいないか、今すぐこの場で確認させてくれ、ということらしい。

大橋はリング上で尚弥のグローブを外し、グローブと拳をその場で相手に確認させた。

もちろん何も出てくるわけはない。「どうなんだ？」と、大橋は問うた。

「グレートなニューチャンプだ。グラシアス」

ナルバエスのトレーナーは苦笑いを浮かべながら言った。

世界最速となる八戦目での二階級制覇のニュースが日本中を駆け巡った。そしてそれは、YouTubeセンセーションとなる。

インターネットを通じて観戦した世界のボクシングファンが「Naoya Inoue」に驚愕した。複数のボクシングメディアで年間MVPにも選ばれたこの試合以降、尚弥は世界中のボクシングファンから、注目されていくことになる。

尚弥やナルバエスを含め、様々な人がこの試合についてコメントをした。

——二回でKOなんて考えもしなかった。ブロックも固かったし、キャリアでやられるんじゃないかという色々なプレッシャーもあった。でも減量から解放され、試合前からワクワクして楽しかった。これぞボクシングだと思った。（井上尚弥）

——あなたがワクワクするときは、オレはドキドキなんだよ！（井上真吾）

——コンディションは良かったたし、調整もきちんとしてきたが、一ラウンドの一発目から効いてしまった。ストロングなパンチだった。もっと上の階級のパンチ力だったたし、速すぎて見えなかった。気力ではなく体が限界。井上はノニト・ドネアよりも強く、私を負かし、驚かせた。彼はまだ二十一歳。大きな未来が待っている。歴史的なチャンピオンになれるだろう。（オマール・ナルバエス）

――あれ（二ラウンドでKOを奪った左フック）は、練習を積んでもできないパンチ。特にサウスポーの見えにくいパンチを外して、そこにカウンターを合わせるのだから、とんでもない才能だ。（元WBC世界スーパーフライ級王者の川嶋勝重）

――ナルバエスはこれまでの全キャリアで喰らったパンチよりも深いダメージを、井上との二ラウンドで被ってしまった。（アルゼンチンのテレビ解説者）

――一九九〇年、マイクタイソンが負けた試合、あれ以来の興奮ですよ！　地球の地軸がずれるようなパンチ！　あのボディの音は忘れられませんよ！　世界を切り裂く音がしました！（香川照之）

——試合前の減量のときは、いつももう、ずっと不憫で……。部屋から出てこないんですよ。でも前に比べれば、今回は全然。会話もできましたし。（井上美穂）

——『夜のヒットスタジオ』で、ブルーハーツが「リンダ、リンダ」って言った瞬間とか。完全に時代がひっくり返った瞬間。ホンマに何年か一回しかないやん。それを生でリングサイドで見れた。（千原ジュニア）

——トップチャンプオンのこれほどの崩壊は、トミー・ハーンズがロベルト・デュランを打ちのめして以来のことだ。（BOXING NEWS 24 Superfight in the lower weight classes entirely possible）

——これ、尚弥が勝たなかったら、おれ破産してたよ（笑）。（大橋秀行）

十四、ブランク

試合の後、通常だったら、スポーツニュースへの出演があったりするが、年末ということでそれもなかった。ワンボックスカーに乗り込んだ井上一家は、途中「夢庵」で晩ご飯を食べ、自宅へ向かう。

傷めた右手は、拳を握ることもできなかったが、いつも通りの日常が、すぐに井上家に戻ってくる。

年が明けると、元日にはもう、尚弥はロードワークを始めた。右拳は痛んだが、走ることはできる。

勝ててほっとしていたが、自分が凄いことをしたという実感はなかった。立場や注目度の急激な上昇に、自分の意識が追いついてこない。

「誰とやっても勝てる」とか「最強」だとか言われだした尚弥だが、自分としては目の前にある課題で精一杯だった。ここまで最短で駆け上がるため、一試合で三試合分の課題をこなそうとしてきた。

終われば次、それが終わればまた次――。

振り返ればオリンピックを目指したあたりから、休む間もなく走り続けてきた。余裕がなさすぎて、実際のところ尚弥には、プロ入りしてからナルバエス戦までの記憶があまりない。

一方、この後のことは、試合のことも練習のことも、はっきりと覚えている。ようやく余裕ができて、一つ一つの物事を、自覚的に進められるようになったのかもしれない。ここからおよそ一年間、試合がなかったことも大きい。

拳の怪我を病院で検査したところ、手の甲と手首をつなぐ関節を脱臼していた。結果としてこの怪我が、いわば尚弥のギャップイヤーを生んだ。

駆け抜けた日々を過ぎて、尚弥はこれからしばらく休むことになる。真吾が美穂との結婚を意識した頃のように、尚弥にとっては、この一年が、少年から大人への過渡期になったのかもしれない。

最初は休むと決めていたわけではなかった。拳の怪我について、手術をするか否か、という選択肢があり、悩みに悩んだ。手術をせずに治せば五月に防衛戦をすることができる。手術をすれば、しばらくリハビリに時間がかかる。

尚弥としては五月の試合を成立させたかった。インパクトを残したナルバエス戦の後であり、何としても試合をしたい。判断のリミットである三月の頃には治ってきており、これなら何とか試合をできるんじゃないか、と考えたりもした。

この怪我は、一般の人であれば、手術をする必要はない。日常生活を送るのに不便がないくらいには、自然に回復するからだ。ただもう一回、強いパンチを打つとなると、話は別だ。

いろいろな人に相談したが、なかなか結論は出せなかった。同じ怪我をした元世界チャンピオンの内山高志には、今すぐ手術したほうがいい、とアドバイスされた。

しばらく悩んだ尚弥だったが、最終的に三月中に手術をすることを決めた。決めてからはもう、しょうがないや、という感じで、一度も悔やんだり考え直したりはしなかった。

五月の試合はできないし、夏や秋にもまだ試合はできない。だけど十二月末の試合なら間に合いそうだから、ちょうど一年のブランクだ。

手術を終えて、尚弥はゆっくりと練習に復帰した。

右手は使えなくても、ロードワークや、下半身を中心としたトレーニングはできる。左のパンチの強化にも取り組む。尚弥の左は通常の選手の右より破壊力があると思われたが、この時期、さらに強くなったかもしれない。

七月には拓真のプロ五戦目が後楽園ホールであった。尚弥が見守るなか、拓真は苦戦するも無事、OPBF東洋太平洋スーパーフライ級の王者になった。それからしばらくすると、アマチュアボクシングを続けていた浩樹が、プロを目指して大橋ジム入りした。

ボクシングの練習は地味で単調だ。

チーム井上の場合は、朝、まずは三人で十キロ程度走る。それから家の前の借家で筋トレなどをする。週に二、三度はスポーツジムに行ってマシントレーニングや水泳をする。終われば解散し、十六〜十七時に大橋ジムに向かう。ジムではシャドウ、ミット打ち、バッグ打ち、スパーリングなどを一時間半から二時間程度する。

年末の試合をにらみ、回復を見ながら、尚弥は少しずつ右を使うようになった。手術をしたからもう治った、大丈夫、というものではない。練習中に右拳に痛みが走り、やはりだめなのか、と、絶望的な気分になったりもした。

アスリートは限界まで闘い、さらにその限界の先に手を伸ばそうとする。

勝てるのか、負けてしまうのか、いつまで闘えるのか、どこまで行けるのか――。

自信があろうがなかろうが、運命の風に吹き飛ばされることもある。ボクサーの選手生命は長くない。

ギャップイヤーの終わりに、尚弥は家を出て、結婚することを決めた。

そろそろだな、という、自然の流れで決めたことだが、やっぱりそれは、復帰戦であり初防衛戦である次の試合の前にけじめをつける、という〝男〟の理由を含んでいた。

「結婚するの?」と軽く訊いたのがプロポーズだったが、相手の咲弥《さや》はそれをプロポーズだとは認めてはいない。

咲弥は高校の同級生で、尚弥と名前が似ているのは単なる偶然だ。高校一年生のときから付き合っていて、井上家にも頻繁に出入りしていた。猛烈に人懐っこい咲弥は、兄弟姉妹の一人のように井上家に馴染んでいる。

十二月一日、尚弥は座間市役所に婚姻届を提出した。

そして一年ぶりの減量生活に入った。

十五、復帰

王座防衛戦には、チャンピオン陣営がランカーのなかから挑戦者を選ぶ「選択試合」と、王座認定団体が挑戦者を指名する「指名試合」がある。指名試合では当然、団体が管理するランカーのなかで最も強い者が指名される。

長期欠場を決めた尚弥は今、休養王者という扱いだ。休養王者が欠場中、ランキング上位者が対決して暫定王者を決める。休養王者が復帰して防衛戦をする場合は、暫定王者が指名される。

WBOは七月に、ランキング一位と二位の者で暫定王者決定戦を行っていた。だがこの決定戦は引き分けに終わってしまった。尚弥の初防衛戦は、この二人のうちから、どちらかを選んで行うように、というのが団体の指示だ。

強いほうを選ぶ、というのが、井上陣営の考え方だ。ランキング一位であり、暫定王者決定戦でダウンを奪っていたワーリト・パレナス（フィリピン）を選んだ。彼はかつて日本の勝又ボクシングジムに所属し、ウォーズ・カツマタとして活動していたパンチの強い選手だ。

二〇一五年十二月二十九日、有明コロシアムで、尚弥の復帰戦は行われた。

ナルバエス戦の衝撃から一年のブランクを経ての試合だ。尚弥の拳は大丈夫なのだろうか、と観客たちも緊張しながら見守るなか、ゴングが鳴った。

一ラウンド、スピードで勝る尚弥が多彩なパンチを打ち込んだ。パレナスもパンチを返すが、尚弥は素早いステップでかわす。尚弥の強打を恐れて、パレナスはガードを高く固く構え続ける。その隙間を狙うように、あるいは、ガードなどお構いなしといった感じに、尚弥はパンチを打ち込む。

二ラウンドが始まって早々だった。ジャブの差し合いから、尚弥が渾身の右ストレートを、相手のガードの上から叩き込む。ふらつくように後退したパレナスに連打を浴びせ、そのままひっくり返すようにダウンを奪った。

驚愕の表情を浮かべるチャレンジャーが立ち上がると、すぐさま追撃の左フックで二度目のダウンを奪うと、レフェリーが試合をストップした。

圧勝！

「……強い。オーバーハンドが視界の外から来る感じで、どう対応していいかわからなかった。スピードが凄くて、圧倒された。この階級のスピードじゃない。もっと軽い階級の速さ。速すぎた」

完封された挑戦者は、控え室で語った。彼は自分の力を出す以前に、何もできずに敗れてしまった。

スピードのある王者に自分の攻撃は当たらない。逃げてもすぐに追いつかれる。ガードを固めてもガードごと倒される。ならば彼は一体、何をすればよかったのだろうか……。

「めちゃめちゃ楽しかったです。やっぱりボクシングは最高です」

というのが尚弥の試合後のコメントだ。

海外での試合や、統一戦についてもやってみたい、と彼は口にし、大橋も「来年中には海外で防衛戦をする予定」と、海外進出の計画を明かした。

この試合ではＷＢＯ会長のバルカッセルが、尚弥を自分の目で確かめたいと、わざわざ来日していた。試合後、いつかやってほしい相手として、ローマン・ゴンサレスなどの名を挙げたうえで、コメントした。

「素晴らしい。あのパンチはモンスターだ。彼なら誰とでも闘える。米国でもやってほしい」

年が明けてすぐ、尚弥と拓真と浩樹の三人は、座間のコンビニの前にいた。

何かこう、減量中には決して口にすることのできない、味が濃くて体に悪そうなものを摂取したくなり、尚弥が集合をかけて集まった。

三人はコンビニ前でカップラーメンを啜《すす》った。尚弥は世界チャンピオンになっても、こういうことをするところがある。

年末の興行、出場した大橋ジムの選手は、全て勝利した。

第一試合は浩樹のプロデビュー戦で一ラウンドＫＯ勝ち。第二試合の松本亮と、第三試合の細野悟も勝ち、第四試合では拓真が東洋太平洋のベルトを大差の判定で防衛した。第五試合では世界戦に臨んだ八重樫東が、ＩＢＦライトフライ級の王者になった。メインイベントでは、尚弥が二ラウンドでＴＫＯ勝利した。

今年は二〇一六年、かつて尚弥が目指すことも考えた、リオデジャネイロ・オリンピックが開かれる年だ。

リオを目指すことなくプロになった尚弥は今、自分でも想像していなかった場所に立っている。世界は今、尚弥に様々なことを期待している。

チャンピオンとして、これから防衛戦の相手として期待される強者には、クアドラス、テテ、アローヨあたりがいる。またナルバエスも、尚弥と再戦する権利を持っている。

防衛する相手がいなくなれば、統一戦も見えてくる。

もともとボクシングの世界王者認定団体はＷＢＡしかなかった。その後ＷＢＣができ、またＩＢＦとＷＢＯもできた。メジャーな団体として認められているのはこの四つであり、それぞれがチャンピオンを認定している。

同じ階級に複数のチャンピオンがいる状況のなか、チャンピオン同士が戦う統一戦というのも稀に行われ、勝てば統一王者と呼ばれるようになる。日本にも数人、統一王者が生まれたことがある。

この統一戦も話題になるだろうが、尚弥にはそれよりむしろ、海外での開催もにらんだビッグマッチが期待されている。何といってもファンが一番、尚弥に期待しているのは、ＷＢＯ会長も口にしたローマン・ゴンサレス戦だろう。

三階級を制覇したローマン・ゴンサレス（ニカラグア）は今、スーパーフライに階級を上げ、四階級制覇を狙っている。

帝拳ジムがプロモートするローマン・ゴンサレスのことを、日本のファンは愛情を込めてロマゴンと呼ぶ（アメリカでの愛称は〝チョコラティート〟だ）。アマチュア時代も含めて未だ無敗で、パウンド・フォー・パウンド一位（十七階級を通じて最も優れたボクサー）のボクサーとして、世界的な知名度がある。

一年半前、尚弥は目の前で八重樫がロマゴンにＫＯされる姿を見た。その試合後、八重樫に、お前なら勝てる、と言われた。

大橋や真吾とも話をした。やるなら今年か、遅くとも来年早々には実現したかった。ライトフライから転向したスーパーフライでも、もうすでに減量が限界に近づいている。

怪我をしている期間、しっかり食べて、しっかり練習して、ということを繰り返してきた。それもあって体も大きくなった。スーパーフライ級に留まれる時間は限られている。あと二試合か三試合、つまり一年なら大丈夫だろう。それ以上となれば、どんなに長くても二年だ。

気力体力ともに充実していた。ここ二試合のような試合内容を続ければ、ロマゴンのようなスーパースターとの対戦が実現する。そのことを自分の使命のようにも感じる。

カップラーメンをもう一杯食べようかな、と思ったがやめておくことにした。

十六、暗雲

尚弥の次の防衛戦は五月に決まった。

前回と同じくＷＢＯの指名試合で、相手はスーパーフライ級一位のダビド・カルモナ（メキシコ)。二十勝(八KO)二敗五分の試合巧者で、暫定王者決定戦でパレナスと引き分けた選手だ。二敗のうち一つは、ナルバエスに負けたものだ。

パレナスと引き分けナルバエスに負けたのなら、尚弥の敵ではない、と誰もが考えるだろう。となれば前回と同じようにインパクトのある内容で勝ちたい、と尚弥は過剰に思い込んだ。ただ勝つというだけではなく、圧倒的なKOで勝ちたい。

そして二〇一六年五月八日、有明コロシアムで迎えたこの一戦に、実際、尚弥は勝利した。だけど二度目の防衛を果たした王者は、試合後のリング上で謝っていた。

「みなさんの期待を裏切ってすみません」

試合には勝ち、最後にはダウンも奪った。だがKOは奪えず、キャリア二度目の判定勝利に、尚弥は歯がゆい思いを隠せなかった。

最初から最後まで優勢だった。ピンチに陥ったシーンもない。

一ラウンド、静かな立ち上がりだった。尚弥は軽やかなステップから左ジャブを放ち、コンビネーションに繋げていく。ときどきパンチが当たると、見た目にもわかるその破壊力に会場がどよめく。このときは、早いラウンドでの決着を予想した者が多かっただろう。

二ラウンドも同じような展開だった。カルモナは尚弥の強打を恐れず、前に出てくる。

何度か尚弥のパンチが当たる。ラウンド終盤には尚弥の左が何度も空を切った。

実はこのとき、尚弥はまた右拳を傷めてしまっていた。重傷ではなさそうだが、もう右で強いパンチは打てない。倒すなら距離を詰めての左フックしかない。

三ラウンド、四ラウンド、尚弥は出入りのスピードで試合をコントロールし、ときどき左のパンチを当てた。だが相手はタフで防御も上手く、仕留めるチャンスは訪れない。

五ラウンド、尚弥は一気に攻勢をかけた。思いきって右ストレートも放ったが倒せない。六ラウンドにも追い込んだが倒すには至らない。

七ラウンド以降、仕切り直しのように、尚弥は距離を取った。左の差し合いでペースを握り、右はボディのみを狙った。以降のラウンドで左を強振していたら、今度は左拳も傷めてしまった。

それでもＫＯはあきらめなかった。

最終十二ラウンド、尚弥は左右のボディで前に出る。ボディなら多少痛くても打てる。相手との強烈なボディ合戦になり、互いのガードが下がる。残り一分、一気に上にパンチを集めて左右の連打でラッシュする。

拳が砕けても構わない。息もつかせぬ怒濤の連打で挑戦者を襲う。

ダウン！

力尽きたように相手は倒れた。だがカルモナは、立ちさえすれば、判定に持ち込める。ふらふらと立ち上がりファイティングポーズを取る。再び尚弥が左右の連打でラッシュするが、挑戦者は耐えきり、試合終了のゴングが鳴った。

「井上はグレートな王者だ。その井上を、今夜の私ほど苦しめた選手はいない。満足している」

顔を腫らせながらも満足そうな挑戦者と対照的に、尚弥はうつむきながらコメントを発した。

「負ける焦りはなかったです。ただここ二戦、いい形できて、インパクトのある試合をしたいという焦りはあった。足を使って圧倒的にポイントを取るだけなら、問題なかったけど……、強さは見せられなかった」

ボクシングはままならない。日々の練習に真剣に打ち込んで、修正して、作戦を立てて、それでもボクシングはままならない。大差判定で勝っても、井上尚弥はうつむいている。

見る者は勝手に選手に期待する。それを背負うか背負わないかは、選手の自由だ。背負うことで自分を奮い立たせられるなら背負えばいいし、ジャマになるなら背負わないほうがいい。

――素質は抜群だが、安定していない。

――このままではロマゴンに勝つのは難しい。

観客は勝手に期待し、勝手に失望する。

だが尚弥はプロである限り、期待を背負い続けたい、という意志を持っている。リングに上がる以上、怪我は言い訳にはできない。

そしてこの後もう一試合、今度はこの試合のレベルではなく、尚弥をうつむかせた試合があった。

十七、親子喧嘩

九月の次戦、もともとは尚弥との再戦権を持つナルバエスとの対戦を予定していたが、バンタム級転向を理由に先方から辞退された。

次に英国で井上との対戦をアピールしていた元IBF世界スーパーフライ級王者ゾラニ・テテ（南アフリカ）にオファーしたが、こちらもバンタム級転向を理由に拒否される。決まったのはWBO世界スーパーフライ級三位のペッバーンボーン・ゴーキャットジムで、現在十六連勝中と勢いに乗るタイの強豪だった。

そしてもう一つ、尚弥の試合は九月四日、スカイアリーナ座間で行われるのだが、その六日後、ローマン・ゴンサレスが米国カリフォルニア州にて、WBC世界スーパーフライ級王者のカルロス・クアドラスに挑戦する。

尚弥はこの試合を、大橋とともに渡米し、リングサイドで観戦することになった。もちろん、ロマゴンが勝った場合、挑戦者としてアピールするためだ。ロマゴンがタイトルを取って四階級制覇を成し遂げ、その後、尚弥との統一戦となれば、考え得る限り最高の舞台ができあがる。

まずは尚弥の防衛戦だった。前回の試合は納得のいく内容ではなかったが、今度こそインパクトのある勝利を飾り、ロマゴン戦に繋げなければならない。

試合が近づき、練習の強度を上げていった。尚弥はまだ二十三歳だが、昔より疲れが取れにくくなったと感じる。ここから減量がきつくなるのもわかっている。だが練習の強度を限界まで上げていく。今度こそ納得のいく勝ち方をしたかった。

オーバーワークだった。試合の二週間ほど前、スパーリングの最中、尚弥は激しい腰痛に襲われた。練習のしすぎによる疲労と、無理な減量の影響もあるかもしれない。以降のスパーリングは中止し、それ以外の練習をしながら減量し、また腰の治療をした。風呂でもみほぐしたり、鍼治療も試したが、痛みはなくならない。

試合が近づく頃、完治した、と真吾には伝えた。本当はまだ痛んだが、自分が痛いと言っても仕方がない。痛くてもやるしかない。

試合中はアドレナリンが出るため、痛みをそれほど感じないかもしれない。序盤は七割、八割の力で攻めて、ここぞというときに打って出る。闘える、と尚弥は思った。

あとはいつも通りだった。試合の三日前に練習を切り上げる。減量を乗りきって計量を終え、体調を戻す。いつものように会場に向かう。浩樹や拓真の試合が終わるのを待ち、アップをして体を温める。

尚弥はいつも通りにリングに上がった。相手を圧倒し、打たせずに勝つ。試合は始まった。

一ラウンド、尚弥は素早いステップで相手との距離を測る。左ジャブを丁寧に突き、強めのパンチを時折放つ。だがいつもと同じように見えても、少し違っていた。

パンチは当てているものの、怖さを感じさせるようなものではない。パンチを当てられることはないが、両腕のガードで丁寧に防ぐので、いつもの攻防が滑らかに連動した動きではない。それでもラウンド終盤には、パンチをまとめて浴びせて相手を後退させる。

「腰、大丈夫か」

「大丈夫」

何度も頷いた尚弥は、二ラウンドに向かった。

本当は大丈夫ではなかった。集中しようとしても、腰の痛みが我慢できない。腰を捻ったパンチは打てず、腕の力で打っているだけだ。

だが主導権は決して渡さず、痛みは顔に一切出さなかった。

三ラウンド、足を止めて打ち合うシーンが増えた。さらにやっかいなことが起こっていた。腕だけで強引に打ったためか、尚弥はまた右拳を傷めてしまっていた。

四ラウンドには、左構えにスイッチし、アウトボクシングを見せた。いつも通りにできないなら、持てる技術を総動員して、ボディや左フックでのKOを狙うしかない。

五ラウンド、痛みと闘う尚弥は、集中力を切らせていた。後退しながら攻撃をさばききったと気を抜いた瞬間、相手の追撃を喰らった。ロープ際で亀のようにガードを固め、相手の攻撃をやりすごすという、かつての尚弥にはなかった光景に、真吾の怒声が飛ぶ。

六ラウンド、七ラウンド、ポイントで勝る尚弥と、あきらめない相手との、パンチの打ち合いが続いた。リング中央で足を止め、相手と頭を突き合わせてフックを打ち合う。どちらが勝つのか、と、試合としては面白いものになり、観客は盛り上がる。

八ラウンド、九ラウンド、尚弥は痛みをごまかしながら、いろいろなことを試した。ガードを下げて相手のパンチを誘い、カウンターを狙う。功を奏することもあったが、相手は失速してくれない。尚弥も何発か、良いパンチをもらってしまう。

拳の痛みはまだ耐えられるが、腰の痛みは限界だった。インターバルを終えて椅子から立ち上がるのもつらい。だがＫＯへの意志だけは捨てなかった。

十ラウンド、ステップを使ってジャブを打てたのは、十秒くらいだった。

ガードを固めて相手を呼び込み、ぼこぼこと打ち合う。頭を突き合わせてフックを打ち合い、離れ際にストレートをぶち込む。やるしかない。

最後はど根性だった。ラウンド終了一分前、相手を直線的に追って連打する。何発かパンチをもらうが構わず前進し、連打する。ロープ際で左右のフックを打ち合う。

残る根性を振り絞った。拳も砕けよ、と、渾身の右ストレートを打ち込むがかわされる。

間髪入れずにもう一発、打ち込んだ右ストレートが相手の顔面を捕らえた。さらにもう一発、右ストレートを打ち抜く。

客席から大歓声が沸くなか、尚弥はコーナーにもたれて、レフェリーが十カウントを数えるのを聞いた。


十ラウンド三分三秒ＫＯ――。

派手な打ち合いからのＫＯ劇に、座間の観客は沸いていた。

試合を終えても、チャンピオンにはまだ仕事がある。表彰を受け、ベルトを巻き、観客に挨拶をする。感謝の気持ちと、反省の弁と、今後の抱負を語る。控え室に戻って、シャワーを浴びて着替え、共同記者会見を受ける。それから様々な媒体のインタビューを個別に受ける。

「こんな内容じゃ、ビッグマッチなんて言ってられないです」

尚弥は終始うつむきながら、インタビューに答えた。媒体によって話すことはやや変わってくる。ボクシング専門誌などの知った相手からの取材では、割と素直に話すことができる。

取材を終えると、テレビ局に向かった。控え室に案内され、ソファーに座る。そうしたらその後、もう立てなくなってしまい、周りの人たちの肩を借りて立たせてもらった。テレビ出演を終える頃には、もう夜中だった。疲労が蓄積して、筋肉ががちがちに固まっている。二晩寝たらロサンゼルスに飛ばなければならない。それまでに気持ちを切り替え、腰もなんとかしなければならない。

こんな状態で、自分にロマゴンと闘う資格があるとは思えなかった。

試合が終わった後、いつもはリングに上がってくる真吾が、上がってこなかった。

それが全ての答のような気がする。

美穂が朝起きると、真吾が家からいなくなっていた。連絡をしても繋がらない。

昨夜の時点からおかしいな、と思っていた。真吾は試合後のリングに上がらなかったし、その後もすぐに帰ってしまった。もしかしたら朝いなくなったのではなく、昨日の夜中に、家を出ていってしまったのかもしれない。

夜になっても真吾は戻らなかった。何度かLINEのメッセージを送ると、やがて、今から帰る、とだけ返事がきた。

だけどいつまで経っても、真吾は帰ってこなかった。どこかで朝方まで飲んで、そのまま車のなかで眠っているのではないか、と美穂は予想する。

翌日、真吾と電話が繋がった。もう尚弥とは完全にやっていけない、と真吾は言う。

本人と話をするよう説得したが、それは筋が違うらしかった。真吾から話すことは何もない。結局、その日も真吾は家に帰ってこなかった。

尚弥がロマゴンの試合の観戦のためにロサンゼルスに発った頃、真吾はようやく家に戻ってきた。

怒りのあまり、尚弥の顔を見ることさえ、できなかったのかもしれない。美穂はこれまでも二人の間を取り持ってきたけれど、今回ばかりはどうすることもできないかもしれない。

二人はずっと二人で闘ってきた。強くなる、という目標に対して、深いところで意思統一できているから、お互いに細かいことは言わない。んー、どうなんだろうなあ、大丈夫かなあ、ということは、美穂を通して伝え合ったりしてきた。

例えば真吾は、尚弥とミット打ちの呼吸が合わないな、と感じたことがあった。尚弥が自分のミットにストレスを感じているのではないか、だったらミット専門の人をつけたほうがいいのではないか、と。

ちょっとナオに聞いといて、と真吾が言うので、美穂は尚弥にそのまま伝えた。

尚弥としては、ミットを受けるほうがもうちょっと迎えに来てくれれば、音も出るしモチベーションも上がってくる、ということだった。音がもう少し出る感じなら、ミット専門の人なんて必要ないという。

それを伝えると、やや腑に落ちない顔をしながらも、真吾はジムに出かけていった。翌日どうだったか聞いてみると、ミットが悪かったという。二人でいろいろ試して、新しいミットに替えたら、良く音が鳴るようになったという。結局、古いミットが問題だったのだ。

だけど今回は、そういう小さな問題ではなさそうだ。真吾は〝あいつは俺との練習を全部否定した〟と言っている。もう尚弥のトレーナーはできない、と本気で言っている。

美穂としてはこのまま終わらせるわけにはいかなかった。もし二人でやっていくことができないのだとしても、腹を割って、お互い納得するまで話をするべきだ。今回ばかりは、美穂を通して話をする、というレベルではない。

美穂は尚弥に連絡をとって、戻ってきたらこっちには何も連絡せず、空港から直接家に来るようにと伝えた。尚弥が家に向かうと知れば、真吾がまたいなくなってしまうだろうと思ったからだ。

後日、二人は向き合って長い話をした。

腰が痛いことを伝えなかったことを、尚弥は真吾に謝った。真吾は本当に腰痛は治ったものだと思っていた。尚弥は試合中ですら、それを伝えなかったのだ。

長い話を終えると、二人はわかり合っていた。

家出をするくらい怒っていた真吾だったが、嘘のように元の関係に戻っていた。ロマゴンの四階級制覇を見届けて戻ってきた尚弥がその模様を話し、アメリカの観客の雰囲気についてや、ロマゴンの攻略法についてや、その試合に至るためにやらなければならないことについての話を、二人は興奮しながら喋る。

かつては真吾が、全てをかみ砕くように教え、尚弥は純粋にそれを信じた。だがやがて尚弥にも自我が芽生え、奥のところでは通じ合っていても、周辺では小さなすれ違いが生まれるようになった。すれ違いは、時に大きなものに育ってしまうことがある。

これからの二人は、その小さなすれ違いも見逃さず、大人として言葉で伝えていこうと誓ったのかもしれない。

十八、再スタート

前回の試合を反省し、尚弥は自分の体と、真剣に向き合うようになった。

オーバーワークによる怪我を防ぐため、一日おきにスパーリングを十二ラウンドやっていたのを、四ラウンドに減らした。また日によって走る長さを、五〜十キロに調整するようにもなった。

拳の怪我も防がなければならない。原始的な方法だが、サンドバッグを素手で叩いて拳を鍛える。バンデージの巻き方を研究して、手の甲付近をこれまでより固定するようにした。試合ではプロに巻いてもらい、バンデージを二本使うようになった。

一番大きいのは、週に何度か、パーソナルトレーナーに来てもらうようになったことだ。トレーナーからストレッチングや体のケアの方法を習い、また体幹トレーニングを取り入れた。練習後には一時間弱かけて、ストレッチによる体のケアをする。

嘘のような話だが、尚弥たちはハードトレーニングをするわりに、これまでほとんど準備運動をしていなかったらしい。やってもほぐす程度というか、屈伸と伸脚やってアキレス腱伸ばして、という感じで、時には何もしないこともあった。そして練習後には軽くシャドウをして終わりだ。

若いうちはそれでも怪我をしなかったため、ここまでそれで来てしまったという。

ここから尚弥は、腰を慎重にケアしながら、恒例となった年末の試合に臨んでいくことになる。


年末の対戦者選びはいつもながら難航した。

尚弥が相手となると、負ける可能性が高いから、有名な選手からは、なかなか良い返事がもらえない。ファイトマネーで釣る、というようなことも必要になってくるが、米国や英国に比べてマーケットの小さい日本では、それもなかなか難しい。

尚弥がチャンピオンとして不動の存在になれば、挑戦することに意義があり、負けてもキャリアが傷つかない、万が一勝てれば得るものは巨大だ、という状況になる。今の尚弥は、不動のチャンピオンへの道を登っている最中で、ちょうど中途半端な時期なのかもしれない。ランキング上位者から当たっていっても、なかなか相手は決まらなかった。

ただ世界的にはそうでも、国内では別だ。実際、田口は尚弥と判定までいったことで男を上げた。最終的に挑戦者に決まったのは、WBA世界スーパーフライ級王者から陥落したばかりの、河野公平（ワタナベ）だった。

井上陣営からオファーされたとき、河野はジムの会長、父親、妻の三人に対戦を止められた。本当に受けていいのか？　と会長は何度も念を押した。だが河野はこの試合を最後のチャンスと捉え、モンスター狩りを宣言した。

マッチメイクとしては悪くない。日本で試合をするからには、やはり日本人対決は盛り上がる。エリートとされる尚弥に対して、河野はばりばりの叩き上げで、その対比もわかりやすい。今まで一度もKO負けしたことのないタフな河野には、意外性のあるパンチがある。

二〇一六年十二月三十日、有明コロシアムでその一戦のゴングは鳴った。

序盤、フットワークと強烈なジャブで、尚弥は主導権を握った。

河野は前進と連打で局面を打開しようとするも、ガードしきれない左ボディブローを被弾し、また顔面への強いパンチを何度か喰らう。だが接近してからの連続フック攻撃で必死に喰い下がる。

四ラウンド、尚弥は距離を取り、手数を減らした。スピードで劣る河野は、誘いに乗るように、手を出しながら距離を詰める。尚弥はそこにカウンターを合わせようとする。

決まったのは六ラウンドだった。

連続フックで前に出るしかない河野に、尚弥は後退しながら左フックを合わせた。棒立ちになった河野に、さらなる追撃の左フックが炸裂する。河野は大の字にダウンする。

危険な倒れ方だった。尚弥は本当は、レフェリーにここで止めてほしかった。起き上がった河野の意識は、明らかに朦朧としている。尚弥が再び攻撃すると、河野は今度こそ完全に崩れ落ちた。ダウンカウントを数えるまでもなく、ここでレフェリーが試合をストップする。

完勝！　であるように見えた。

河野にしてみれば、待っていたらやられるし、中間距離で打ち合っても勝ち目はなく、前に出るしか選択肢はなかった。出たら出たで完璧なカウンターを喰らった。

相手の選択肢を潰しての完勝のように見えるが、実のところ尚弥は尚弥で、腰をかばいながらぎりぎりのところで闘っていた。この試合の内容には全然納得しておらず、結果的に倒せて良かった、という試合だった。

五メートル四方のリングのなかで行われていることは、観る者にはわからないことも多い。だからこそ、結果というものは何よりも大きい。

六ラウンド一分一秒TKO——。

三度の防衛を果たした尚弥の一年は終わった。

プロ入り後、ここまでの戦績は十二戦十二勝（十KO）だ。この後、ボクシングの聖書とも呼ばれるアメリカの『リング』誌で、パウンド・フォー・パウンドの十位にもランキングされる。

アメリカの大手スポーツ専門局ESPNは『二〇一七年に観たい試合』の一つとして井上尚弥vsローマン・ゴンサレスを挙げた。パウンド・フォー・パウンド一位のゴンサレスを倒せるとしたら、日本の天才・イノウエだろう——。

次はロマゴンとの王座統一戦、という機運は高まりつつあった。

十九、二〇一七年・春

二〇一七年も、春、夏、年末、と三試合を予定していた。

スーパーフライ級に留まれるのはこの一年が限界と考えると、この三戦のマッチメイクは重要になる。アメリカ進出や、ロマゴンとの王座統一戦を睨みながら、陣営の交渉は進むが、運命は風に吹かれ続けている。

三月、ニューヨーク・マジソン・スクエアガーデンにて、四十六戦全勝（三十八ＫＯ）のＷＢＣスーパーフライ級王者ローマン・ゴンサレス（ニ九＝ニカラグア）は、シーサケット・ソー・ルンヴィサイ（三〇＝タイ）との防衛戦を行った。

この試合の生中継でゲスト解説をしていた尚弥は、その試合の結果に唖然とすることになる。試合は最終ラウンドまでもつれ込み、判定一─〇でロマゴンのキャリアに初の黒星がついてしまったのだ。

接戦だった。ファンや関係者から判定への不満が続出し、ロマゴン本人も判定に抗議した。このため後日、ＷＢＣはシーサケットとゴンリレスに再戦指令を出した。

同時にその再戦の勝者に、カルロス・クアドラスとファン・フランシスコ・エストラーダの間で行われるＷＢＣ世界スーパーフライ級暫定王座決定戦の勝者との対戦を義務付けた。

となれば、二〇一七年での尚弥とロマゴンの統一戦は、日程的にほぼ不可能だ。来年まで待っても試合を受けてくれるかはわからないし、その時期ロマゴンが王者であるかどうかもわからない。無敗でパウンド・フォー・パウンド一位だから、闘う意味がある。尚弥にとっては、無理をしてスーパーフライ級に留まる理由がなくなってしまったといえる。モチベーションがない状態で、スーパーフライ級の減量に臨むのは、もう厳しすぎた。

五月に予定される次戦で、尚弥が早々にバンタム級に上げて、三階級制覇に挑むことも考えられた。実際に、WBA世界バンタム級スーパー王者のザナト・ザキヤノフへの挑戦が一度は計画された。バンタム級の王者には〝神の左〟山中慎介もいる。

だがここで、尚弥のスーパーフライ級でのアメリカ進出を後押しする計画があった。ロマゴンとシーサケットの再戦を軸にしたイベントに、水面下で尚弥へのオファーが届いた。

次戦を良い内容できっちり防衛すれば、米国での試合に向かえる。スーパーフライ級での過酷な減量へのモチベーションを得た尚弥は、次戦へと気持ちを作り直す。

五月の試合の相手は、WBO世界スーパーフライ級二位の、リカルド・ロドリゲス（アメリカ合衆国）に決まった。

その頃には日頃のケアのかいあって、腰の心配もなくなっていた。体幹トレーニングによって体全体の力強さも増した。パンチに力が乗る感覚が上がったし、よりバランスを崩さないでパンチを打てるようになった。怪物はまだまだ進化している。

五月二十一日、有明コロシアム、尚弥はいつも通り、真吾の運転する車で会場入りした。前日には同じ会場で三つの世界戦があった。メインでは村田諒太が世界戦に挑み、不可解な判定で敗北した。そしてこの日は、尚弥の試合の前にジムの先輩である八重樫東が世界防衛戦を行い、一ラウンドにＴＫＯ負けし、王座から陥落した。

二日間にわたる興行の最後に、尚弥はリングに上がった。米国デビューへと繋がる試合のゴングが、高らかに鳴る。

完璧だった。尚弥はＷＢＯの指名したロドリゲスを全く相手にしなかった。後でビデオで観直しても、修正するところのない、尚弥の理想のボクシングだった。

ゴングと共に距離・空間を支配し続ける。相手を思う場所に動かし、精密なハードパンチをピンポイントに打ち込む。ダッキング、スウェイバックでかわし、カウンターを狙う。サウスポーにスイッチして、左ストレートで相手の膝を折ってみせる。

まともなパンチは一発ももらわないまま、左フック一撃で横ざまになぎ倒し、強烈なダウンを奪った。立ち上がった相手に再び左フックを叩き込む。

三ラウンド五十九秒、ＴＫＯ――。

わくわくしていた。

次はアメリカで防衛戦をする。

そのプランが今、実現に向かって走りだしている。

二十、二〇一七年・夏

ボクシングの起源は一万年前という説がある。少なくとも紀元前に、古代ギリシアのオリンピックでボクシングらしき競技が行われたという記録が残っている。

日本では大正十（一九二四）年、サンフランシスコで修業を積んだ渡辺勇次郎という男が、「日本拳闘倶楽部」というボクシングジムを設立した。これが日本ボクシングの起源とされている。

白井義男が世界チャンピオンになったのが一九五二年、これは日本ボクシングだけではなく、日本プロスポーツ界で初の世界王者だ。それ以来、男女合わせて百人以上の日本人が世界のベルトを戴冠してきた。井上尚弥はそのうちの一人であり、「日本ボクシング史上最高傑作」と言われている。

現在の日本ボクシングは、かつてに比べて人気が落ちている。メジャースポーツとしての地位は守りつつも、一部のコア層のマニアコンテンツになりつつあると言っても良い。00年代から10年代にかけて、亀田興毅がそこに抵抗した。彼は〝世間〟を相手にボクシングをしたともいえる。〝世間〟の注目は亀田兄弟、亀田親子の物語に集まったが、ボクシング自体への注目は、さほど上がらなかった。

そして現在――、

井上尚弥は〝世間〟ではなく〝世界〟を相手にしようとしている。

ボクシングの場合、〝世界〟というのはアメリカのことだ。ボクシングの本場は、圧倒的にアメリカであり、動くマネーの量が日本とは桁が違う。

有名なところでは、二〇一五年に行われたメイウェザー対パッキャオの一戦がある。このワンマッチで、二人のギャラは、合わせて三百億円を超えた。

この試合は、ペイパービュー視聴料が約一万円と高額であったにもかかわらず、購買件数が主催者発表によると四百四十万件を上回った。つまりペイパービューの売り上げが四百四十億円を上回るということだ（さらにチケット収入やスポンサーからの収入、また

「スポーツギャンブル」という文化が、ビジネスを下支えする）。

「ザ・マネー（金の亡者）」という異名を持つメイウェザーは、このペイパービューの申し子だ。彼の場合はディフェンシブな戦術がファンの反感を買い、むしろ負けるところ見たさに視聴者はペイパービューを視聴する。

結局引退するまで一度も負けず、彼は最後まで、チャンピオンベルトとメイウェザーという「商品価値」を守り抜き、スポーツ選手長者番付一位であり続けた。

そしてその相手だったパッキャオが、アジア人だったということにも注目したい。彼はアメリカで前人未到のサクセスストーリーを築き上げた、伝説のフィリピン人ボクサーだ。

無名時代には築地の魚河岸でアルバイトをしていたという彼のスタートは、尚弥と同じ軽量のフライ級だ。そこから増量していき、「六階級制覇」を成し遂げた。

渡米してからはスター選手をばったばったとKOで破り、その大物食いの様子から「パックマン」と名付けられた。いつしかパウンド・フォー・パウンド・ランキングの常連となり、彼の豪快なファイトはペイパービューという視聴方式を通じて世界中で観戦されるようになった。

アジアの小さなボクサーでも、世界的に影響力のあるアイコンになり得る。

尚弥はそんな〝世界〟の入り口に、立とうとしているのだ。

Super fly!（スラングで、凄いぜ！　といった意味）

二〇一七年九月九日、米カリフォルニア州カーソンのスタブハブ・センター・テニスコートで、「Superfly」という名の興行が予定されていた。その名の通り、現在、注目のタレントが集まるスーパーフライ級の試合のみでメインのカードを固めた、画期的なイベントだ。尚弥はこのイベントに、請われて出場することになった。米国で試合をする日本人は増えているが、請われて出場するのは、尚弥が初めてだろう。

「Superfly」のメインカードは三つ。ファイナルは、ローマン・ゴンサレスvsシーサケット。三月に微妙な判定決着になった両者の、注目の再戦だ。またその勝者への挑戦権をかけたクアドラスとエストラーダの試合が、オープニングで行われる。

そしてセミファイナルが、尚弥の世界王座防衛戦だ。アメリカトップのケーブルテレビ局、ＨＢＯで中継される米デビュー戦でセミファイナルというのは、まさに異例の好待遇と言える。

挑戦者は当初、双子ボクサーの兄であるアローヨ（プエルトリコ）だった。米国でも知名度のある選手で、即承諾したが、発表直前に理由もなく変更を伝えられた。

次に打診されたのはアントニオ・ニエベス（アメリカ合衆国）だった。元々はバンタム級の選手で体格が大きく、リーチも一メートル七十四と長い。戦績は十七勝一敗二分で、まだＫＯ負けがない。こちらも即承諾し、対戦が決定した。

主催者の発表した尚弥のギャランティは十八万二千五百ドル（約二千万円）。これに日本の放送局からの放映権料なども合わせて計四千万円程度が推定される）。試合はＨＢＯのボクシング中継番組『ボクシングアフターダーク』で生中継され、また日本でも中継される。

試合の一週間前、尚弥は渡米のときを迎えた。

通常の減量ならリミットまで三〜四キロの時期だが、現地は汗が出にくいと聞き、今回は残り一キロ強まで絞ってある。前にロマゴンの試合を観に行ったときに、時差ボケの解消方法なども学習済みだ。

成田空港で飛行機に乗る直前、家にベルトを忘れたことに気付いた。

「会長、ベルトって必要ですよね？」

「当たり前だろ！」

ベルトは送ってもらうことにして、チーム井上は飛行機に乗り込んだ。機内の真吾は、相変わらず緊張した表情をしている。

現地ではコンドミニアムを借りて、軽い調整をした。試合の三日前に公開練習をしてインタビューを受けるなど、試合までの段取りも、日本とは違うことがたくさんある。前日計量も屋外で一般公開され、秤の上に乗ると、イノウエコールが聞こえた（現地の人からかと思ったが、後援会の人たちだった）。

計量は無事にパスした。二日ぶりに取った水分が、尚弥の体中の組織に染み渡っていく。その後の食事は、いつもと同じスープを、真吾がスーパー「ミサワ」で食材を集めて作ってくれた。今回の減量もつらかったが、食事を取ると、肉体が力を取り戻していくのがわかる。闘志が湧き、また体が浮かれている。明日の試合が楽しみで仕方がない、という感じに。

翌日、リラックスした気分で、会場入りした。日本で試合をするときと段取りが全然違っていて、戸惑いつつも、新鮮で面白く感じる。

その日も、公開練習のときも前日計量のときも、「Naoya "Monster" Inoue」は米国の何十人もの、時には百人を超す記者に囲まれた。注目度の高さが伝わってくる。

——ボクシング人生の分岐点だと思っている。初回からフルで行きます。

——期待されているのを感じる。また米国に呼んでもらえるような内容で倒したい。

——どれだけファンを喜ばせる試合ができるか、が課題。必ず良い試合をして次に繋げたい。

「Naoya Inoue」は米国のファンにとって、シークレットで最大の関心事だ、と紹介された。期待されていることはわかっている。米国のファンはわかりやすい試合や、わかりやすい結果を好む。

超攻撃的ボクシングによる、インパクトのあるＫＯ決着——。

尚弥が求めてきたボクシングは、この日のためにあったのかもしれない。

「あ」

と、尚弥は声をあげた。大橋や真吾など、控え室の面々が顔を上げ、尚弥を見やる。

「会長、またベルト、忘れちゃいました」

控え室が大笑いに包まれ、誰かがその様子を写真に撮った。大橋だけが慌てて、スタッフにベルトを取りに行かせる段取りをつける。

それから試合までの長い時間を、ストレッチをしたりしながら、自然体で過ごした。ドーピング検査、ルール確認、バンデージチェック、といった段取りが進んでいく。尚弥はいつも通り、リラックスしている。

いつだって尚弥は、無理に気合いを高めることはないし、悲壮感を漂わせることもない。いつもと同じでいいんだぞ、大丈夫、いつも通りやれば勝てるぞ、と、子どもの頃、真吾に言われていたことを、尚弥はふと、思いだす。

やがてメイン三カードのオープニング、エストラーダとクアドラスの試合が始まった。試合はフルラウンド闘っての判定決着となり、勝ったのはエストラーダだ。

そして次は尚弥の番だ。

入場口に立った尚弥は、感動していた。

ずっとＷＯＷＯＷの放送で観ていた米国の会場の雰囲気が、そのまま目の前にあった。野外の会場というのも初めての経験だ。

やがて尚弥の入場曲が鳴り響いた。幾条ものスポットライトの光が動くなか、尚弥は時折、笑顔を見せながら入場する。ぎりぎり間に合ったベルトは、尚弥の頭上に掲げられている。

勝てば勝つほど、負けられない試合が増えていった。プレッシャーは試合ごとに高まっていったが、尚弥は自分に課せられたものを楽しんでいる。尚弥はボクシングが大好きだと感じる。

最近では日本ボクシング界というものも考えるようになった。自分がそのトップランナーであることは自覚している。サッカーや野球では世界で活躍する選手がいて、子どもたちはそれに憧れる。自分もそうなって、それで競技の裾野が広がればいい。

そしてシークレットで最大の関心事が今、初めてのアメリカのリングに足を踏み入れる。

Super Flyweight Championship of the World!

長い前口上を述べるリングアナウンサーも、テレビでずっと観てきた人だった。緊張はしていないが、尚弥は気負っていた。一ラウンドから飛ばして、ＫＯを狙う。負けるなどということは、全く考えていない。

ゴングが鳴ると、尚弥はリング中央に歩を進めた。

左フック気味のファーストパンチを放つ。続いて左ジャブを飛ばす。ニエベスは思ったよりもリーチが長い。距離を測りながら、強烈なワン・ツーを叩き込む。左ボディ！　早くもニエベスを防戦一方にさせる。

二ラウンドも尚弥の左ジャブは止まらなかった。ラウンド終了間際に、左ボディを効かせてからの右ストレートでニエベスをぐらつかせる。その直後、残り十秒の合図をゴングと勘違いした尚弥は、コーナーに戻ろうとする。ニエベスはこれに救われた格好になったが、尚弥はやはりどこかで緊張していたのかもしれない。

三ラウンド、尚弥はプレッシャーをかけ続けた。四ラウンド、逃げ腰の相手に足を使ってプレッシャーをかけ、手を出させせようとする。

もはや尚弥は、どうやって仕留めるか、ということしか考えていなかった。闘う相手は目の前のニエベスだが、もっと大きなものと闘っていた。

五ラウンド、ニエベスの連打を低くかわし、左ボディブローをヒットさせる。さらに距離を詰めて再び左ボディを一閃！　ニエベスは膝をついてダウンした。

何とか立ち上がったニエベスだが、試合になったのはここまでだった。残りの時間はもう、あからさまに逃げ回ることしかしない。六ラウンドに入っても、ニエベスは逃げ続ける。足を止めた尚弥は、打ってこい、と、両手を上げて、あまりやったことのない挑発をする。ラウンド終了時、コーナーに戻ったニエベスは、うつろな表情でギブアップ（棄権）の意志を示した。

やがてレフェリーが両手を振って、尚弥のＴＫＯ（ギブアップ）勝ちを告げた。

どうだったのだろう。

米国の観客や視聴者に「Monster」はどう見えたのだろうか？　派手なＫＯ勝ちで観客を熱狂させる、ということはできなかったかもしれない。だが逃げ回る相手から迫力満点の左ボディでダウンを奪い、実力を知らしめた。そのシーンは、充分、衝撃的ではあった。きっとシークレットな存在は、より深いシークレットになったのではないだろうか。だって日本のファンの僕らでさえ、井上尚弥の本当の底をまだ知らないのだ。

衝撃という意味では、ファイナルの試合が、すべてを持っていってしまった。これにより「Superfly」は歴史に残るようなイベントになった。

尚弥の試合の後、元世界四階級制覇王者ローマン・ゴンサレスが、王者シーサケット・ソー・ルンヴィサイ（タイ）に、四ラウンド、キャリア初のKO負けを喫した。マットの中央であおむけに倒れたゴンサレスがそのまま病院に搬送されるという、まさに衝撃的な結末だった。

第二期「Superfly」の計画は、この後、すぐに動きだすことになる。もちろん主催者サイドは、大橋ジムへコンタクトを取ってくる。

尚弥の試合は、アメリカの関係者の間では絶賛された。報道陣が百七十人以上集まる注目された試合で、きっちり結果を出した。最近の選手では珍しく左ジャブをしっかりと打ち、前に出ながらもディフェンスが巧みで、ボディブローが強い。

尚弥はその試合、自分で考えるよりもずっと気負い、力んでいた。パンチの全弾に力を込めたせいで、試合の後二、三日、いつもはならない筋肉痛に襲われたという。

大橋もまた、緊張していた。

セコンドでリングに上がるところを間違えて、なぜかリング下でマウスピースを洗っていた。四十年間のボクシング人生で、マウスピースを洗ったのはこれが初めてだ。

二十一、二〇一七年・冬

帰国した尚弥は、年末の試合に向けてトレーニングを再開した。

同時に大橋は、年末に向けてビッグマッチを模索していく。

もともとのベストシナリオは、年末にローマン・ゴンサレスと統一戦をすることだった。だがロマゴンはＫＯ負けをして、ベルトも失ってしまった。ここ最近のロマゴンはスピードが極端に落ちている。トレーナーを亡くしたことで、闘いへのモチベーションが切れてしまっている、という噂もある。いずれにしても、彼の復帰戦は、かなり先になるようだ。

尚弥の体調のことだけを考えれば、本当は今すぐバンタムに転向し、三階級制覇を狙う闘いを始めたかった。バンタム級とスーパーフライ級には、リミットで比べれば一・三六キロしか差がない。だが最後の最後に落とす一・三六キロがなくなるのは、ボクサーにとってはとてつもなく大きい。

だが年末には、スーパーフライ級で、ビッグマッチを組める可能性があった。ＩＢＦスーパーフライ級王者のジェルウィン・アンカハスが、尚弥との統一戦を希望していた。このカードであれば、同階級に留まる理由になる。対戦ＯＫの返事を陣営は出し、年末に日本に招聘しようとした。

そして「Superfly2」の開催が、翌年の二月二十四日に決まった。「Superfly」でロマゴンに勝ったシーサケットと、暫定王者のエストラーダの対決は内定しており、尚弥にもビッグマッチが用意されるという。

年末に続き二月二十四日の連戦となれば、試合間隔はいつもより短い。だけど一試合目から体重を戻しきらずに、二試合目に向かえばいい。尚弥はそれで腹をくくり、あと二試合のスーパーフライ級残留を決めた。

そして十月、尚弥の長男が誕生した。

公私ともに充実、といきたいところだが、年末の試合に関して、アンカハス陣営から断りの連絡が入った。相手の要求はすべて飲んで、金額も通常の二倍以上を払う約束をしたのだが、アンカハスは年末、イギリスで防衛戦をすることを決めたらしい。

尚弥の年末の試合はこれで白紙に戻ってしまい、大橋は片っ端から試合のオファーをした。ギャランティがいい上に、ベルト奪取のチャンス（ボクシングは何が起こるかわからない）なのに、どの陣営も断ってくる。

唯一受けてくれたのが、大橋がフェイスブックで知り合ったフランスのヨアン・ボワイヨだった。現在三十一連勝中という触れ込みのボワイヨだったが、最近の五戦は六ラウンドの試合であり、額面通りには受け取れない。ただ、リーチが長く、ＫＯ負けをしたことがない。

ともあれ、年末の試合のカードが決まった。ボワイヨとの対決に、尚弥のモチベーションはまったく高まらなかったが、「Superfly2」ではＷＢＡとの統一戦（vsカリド・ヤファイ）か、あるいは、ＩＢＦとの統一戦（vsジェルウィン・アンカハス）が予定されているらしい。

十二月になり、尚弥は十キロ以上落とす、つらい減量生活に入った。だがここからまたバタバタと、尚弥のモチベーションを低下させる出来事が起こっていく。

ＷＢＡ王者カリド・ヤファイのプロモーターは、尚弥との対戦をきっぱりと拒否した。

ＩＢＦ王者アンカハスは、プロモーターを変えたことで放映権の問題が発生し、ＨＢＯの興行には出られなくなった。

「Superfly2」では結局、尚弥が期待した試合は決まらなかった。

二〇一七年十二月三十日、横浜文化体育館、ＷＢＯ世界スーパーフライ級チャンピオンの井上尚弥は、同級六位のヨアン・ボワイヨと対戦した。

一ラウンド、尚弥はリーチの勝る相手に対して高くガードを構え、いきなり飛び込んでのフックやワン・ツーを見舞った。ラウンド終盤には強烈な左フックでダウンを奪う。

実質上、ここで勝負は終わったのかもしれない。

二ラウンド、粘るボワイヨだったが、三ラウンド早々に尚弥の左ボディ連発によって三度膝をつき、レフェリーが試合を止めた。

七度目の防衛を果たした尚弥が、リング上でマイクを向けられた。

まずは観客にお礼を言い、対戦相手に感謝した彼は、それからにこりともせずに言った。

全然物足りないものがある――。

一年の締めくくりに、早いラウンドでのＴＫＯ勝ちを見せ、本当だったら喜べばいいシーンだ。だけど彼は全く笑顔を見せずに受け答えをした。彼は〝物足りない〟のだ。

この試合へのモチベーションはなかった。試合後の食事や家族と過ごす時間を、モチベーションにして減量を耐えるしかなかった。

もっとひりついた試合をしたいし、もっとぎりぎりの勝負をしたかった。もっと強い者と戦いたいし、もっとボクシングを楽しみたかった。

この日、観客に向かって、彼はバンタム級への転向を宣言した。

二十二、物足りないと彼は言った

尚弥の試合を観ると、僕らは時に勘違いをしそうになる。

圧倒的な力の差によって、相手が咬ませ犬に見えてしまう。だがそんなことはなく、プロ入りしたときの宣言通り、マッチメイクが成立する限り、彼は強い相手と闘ってきた。ボワイヨだって、一度もKO負けをしたことがないのだ。

強い相手を選び、そのなかで毎試合、進化し、相手を上回り続けてきた。戦績は、十五戦十五勝（十三KO）無敗。

物足りないものがある——。

そのコメントを聞いたときに思った。

今までの十五戦、様々な内容で勝ってきた彼だが、どの試合でもどこかで多かれ少なかれ〝物足りなかった〟のではないだろうか。〝物足りなさ〟が彼を〝次〟に向かわせてきたのではないだろうか。

そして何度世界王座を防衛しても、三階級制覇をしても、統一王者になっても、彼はやはりまだ、どこかで物足りないのではないだろうか？

足りないものを得るために、井上尚弥は走り続ける。

だとすれば、彼に足りないものって何だろう？

強靭な精神力で、たゆまぬ努力を続け、勝ち続ける彼が、未だ得てないもの。

良い内容で勝利しても〝物足りない〟と言う彼が、逆説的に求めているもの——。


もしかしたらそれは、敗北なのかもしれない。


強い者とやりたい、ということは、負けるかもしれない相手とやりたい、ということだ。

それは本来、敗北に近づこうとする行為だ。

それでも勝ち続ける尚弥が、いつか敗北することがあったとして、そのときこそ〝物足りなさ〟は霧散し、新しく彼を衝き動かす何かが生まれる。闘う理由や、闘うべき相手や、新しい闘い方など、今までとは別次元のものが生まれる。

尚弥が敗北を〝得た〟なら、さらに強くなるんじゃないだろうか。

そしてもしかしたらそのとき初めて、彼の過去を含んだ〝物語〟が生まれるのかもしれない。

だけど、そんなことまで思わせる尚弥が負けるなんて、まだまるで想像がつかないのだけれど。

二十三、二〇一八年

そして尚弥の二〇一八年が始まった。

例年通りであれば、また、五月、九月、十二月、と試合がある。そのうち一回は海外で試合をする、というようなイメージを、陣営は持っている。まずはバンタム級での世界挑戦、三階級制覇をかけてのタイトル挑戦を陣営は模索する。

ファイティング原田、矢吹丈、長谷川穂積、山中慎介、辰吉丈一郎など、日本人にはなじみの深いバンタム級で、尚弥はどんな挑戦を見せてくれるのだろう。

三月六日、東京九段下のホテル、グランドパレスで記者会見が行われた。

尚弥の次の試合は五月二十五日、大田区総合体育館にて、ＷＢＡ世界バンタム級王者・ジェームス・マクドネルとの世界戦と決まった。

英国の現役チャンピオンが日本で試合をするのは初めてのことだ。現在、英国ではボクシング人気は高く、マクドネルはそのなかでも人気のチャンピオンだ。

身長が百八十センチ近くあり、リーチが長い選手だ。好戦的だが正統派の選手で、判定まで粘る。もちろん尚弥は、こんなにリーチ差のある相手と試合をしたことはない。

チャンスをもらえて嬉しい、と尚弥はコメントした。日本のファンに馴染みがあり、自分が小さい頃から観てきた階級で闘えるのが嬉しい。三年半ぶりに挑戦者になれるのが嬉しい。英国へのアピールができることが嬉しい。いつか英国でも試合をしてみたい。

英国から来てくれる相手に対して、全力で準備したい、と尚弥は語った。そして必ず勝利し、三階級を制覇する、と宣言した。

基本的な闘い方は変えるつもりはなかった。身長差への対策を、これからやっていく。またバンタムでの闘いに向けて、下半身を強化していく。

尚弥にとって、今まで本当の意味でモチベーションを高め、相手を研究して準備し、燃えたぎった試合というのは、ライトフライ級とスーパーフライ級で世界王者に挑戦した試合だけだ。その二試合は、インパクトのある勝利を、という前に、とにかく勝ってベルトを獲らなければいけない試合だった。

そして今回は、その三試合目になる。

五月、久しぶりに、勝利のみを目指す尚弥が見られるのだ。

現在の尚弥にとっては、バンタムが一番の適正階級であり、もし王者になれば長期防衛できる階級だ。今はバンタムで、スーパーフライ級の七度を超える防衛をし、日本記録の十三回防衛を目指すつもりでいる。

バンタム級にはマクドネルの他にも強者はいる。統一王者になったアマ・エリートのライアン・バーネット。山中慎介との因縁で有名になったルイス・ネリ。十一秒KOという世界戦最短試合記録を作ったゾラニ・テテ。

そしてシーサケットなどスーパーフライ級の強者たちも階級を上げてくる可能性がある。バンタム級は今後、世界的にも黄金階級になっていく。「Monster」がバンタム級でどんな試合をするのか、世界中のボクシングファンが注目している。

今年、尚弥は二十五歳になる。

何となくだが、三十五歳までは、現役を続けるイメージがあるという。それまであと十年。チャンピオンになって、防衛回数だけ積み重ねれば観客が入るという時代ではない。またそれに甘んじていいような才能ではない。

年間三試合の全てを、海外での興行に呼ばれるくらいの存在になりたい、と尚弥は考えている。今はバンタム級でのことしか考えていないが、それより上の、スーパーバンタム級、フェザー級、と五階級制覇くらいまでのイメージもある。

そして――。

進化を続ける尚弥は、自分がどれくらい強いのか、未だ知らない。

誰を倒すとか、何勝するとか、何階級を制覇するとか、そういうことではない。自分のボクシングをどうやって完成させるのか、尚弥は最終的にはそのことにしか興味がない。

打たせないで打つボクシング、その先の強さを魅せたい、と、尚弥は本気で思っている。

パウンド・フォー・パウンド最新版で、現在、彼は六位にランクされている。

こんなボクサーが現れるとは思っていなかった。

これからも怪物の挑戦を、見守ろうと思う。

怪物

2018年3月28日　第1刷発行

著　者………中村航／井上尚弥

発行者………安本洋一

発　行………株式会社KADOKAWA
〒102-8177 東京都千代田区富士見2-13-3
電話:0570-002-301(ナビダイヤル)

印刷・製本…凸版印刷株式会社

ISBN 978-4-04-896068-7 C0095
Printed in Japan

KADOKAWA カスタマーサポート
[電 話]0570-002-301(土日祝日を除く11時～17時)
[W E B]https://www.kadokawa.co.jp/
(「お問い合わせ」へお進みください)
※製造不良品につきましては上記窓口にて承ります。
※記述・収録内容を超えるご質問にはお答えできない場合があります。
※サポートは日本国内に限らせていただきます。